KB175639

엄지 할망과 성산포 가디언즈

우리의 기억을 드릴게요

엄지 할망과 성산포 가디언즈

우리의 기억을 드릴게요

임명실 글

이하정 그림

책을 내며

오랫동안 머릿속을 채우고 있었던 많은 이야기들을 내 딸 하정이가 되어 써보았다.

성산포에는 다양한 이야기들이 있었고, 그중에는 오래도록 가슴속에 여운을 남기는 기억들도 있다.

이 순간에도 성산포에서는 의미 있는 아름다운 이야기들이 이어지고 있고, 그 이야기의 중심에는 항상 어머니가 존재한다. 그리고 명오, 명숙, 영철, 영희, 명자, 명옥, 명실, 명원, 명애가 함께한다.

참으로 아름다운 이름들이다.

어릴 적 엄마와 이모들의 이야기를 듣고서는 재미있는 옛날이야기를 들은 듯 토끼 눈으로 바라봐 줬던 우리 집 보물 봉훈이와 하정이, 보석처럼 빛나는 그 이야기들을 글로 써보라고 응원해준 우리 아이들이 있어 이 글을 시작할 수 있었다.

마음이 아픈 우리 반 아이들을 잠시 달래보려고 시작했던 아홉 오누이의 이야기가, 그리고 성산포 이야기가 내 품으로 들어온 아이들을 미소 짓게 해준다는 것을 알게 되면서 이 글을 완성할 수 있었다.

사랑하는 어머니와 우리 가족, 모두의 가슴에 오래도록 기억되는 추억 같은 글이 되었으면 좋겠다.

목차

아홉 가디언즈

그리고 성산포에서는…

하나

아홉 오누이의 탄생 이야기

제주특별자치도 서귀포시 성산읍 성산리에는 세계자연유산으로 지정된 정말 멋진 성산일출봉이 있습니다.
그리고 성산일출봉 바로 아래 어느 집에는 아주 자그마한 할머니 한 분이 살고 계십니다. 키가 작아 '엄지 할머니'라는 별명을 가지고 있는 할머니는 왜소한 체격으로는 상상할 수 없는 다산의 여왕이랍니다.
딸 여덟, 아들 하나를 두셨으니 다산의 여왕이 맞겠죠? 그래서 성산일출봉만큼이나 이 동네에서는 유명하신 분이랍니다.
바로 그분이 우리 엄마의 엄마, 즉 저의 외할머니입니다. 이제 우리 외할머니의 고생보따리, 아홉 오누이의 탄생 이야기를 펼쳐 보려고 해요.

92살,
오연옥 할머니

1930년 어느 늦은 겨울날에 태어난 할머니는 태어나자마자 엄마를 잃고 외할머니와 살았어요. 아기 심청이를 살리기 위해 심 봉사 할아버지가 이집 저집을 돌아다니며 젖동냥을 한 것처럼 할머니의 외할머니도 아기였던 할머니를 살리기 위해 젖동냥을 해야만 했어요.

분유가 없던 시절이라 젖동냥을 하지 못하는 날에는 좁쌀로 미음을 쑤어 먹이곤 하셨죠. 태어날 때부터 건강했던 할머니는 다행히 잔병치레 없이 잘 자라주었답니다.

할머니의 외할머니는 할머니가 누구에게도 기죽지 않고 어디서든지 당당하게 행동할 수 있도록 키우려고 노력했어요.

그래서인지 할머니는 작은 키에 왜소한 몸을 가졌지만 어디서든지 똑 부러지고 당찬 아이로 컸답니다. 엄마 없는 빈자리를 할머니의 외할머니가 든든하게 채워주신 덕분이었죠.

키가 작아 같은 동네에 살았던 사내아이에게서 자주 '땅꼬마'라고 놀림을 당했던 할머니는 마침내 인내심이 바닥이 나 끓어오르는 화를 참지 못하고 얼굴이 수박만큼이나 큰 사내아이의 얼굴을 주먹으로 힘껏 쳤어요.

코피를 흘리며 울고 있는 사내아이에게 미안하다고 사과하라는 외할머니의 말에도 할머니는 잘못한 게 없다며 끝까지 사과를 하지 않았죠. 대단한 고집쟁이가 태어났다고 할머니의 외할머니는 화를 내는 척했지만, 누구 앞에서도 기죽지 않고 당찬 할머니가 기특했는지 쌀밥을 해주셨어요.

명절 때나 먹을 수 있었던 귀한 쌀밥을 해주셨다는 건 아마도 아홉 살 할머니가 매우 자랑스러웠다는 의미겠죠?

가난하여 학교에 다닐 수 없었던 할머니는 열다섯 살 때부터 성산포 깊은 바다로 나가 물질을 시작했답니다. 바다와 친구가 되어 숨비소리* 멋지게 뿜어내는 해녀가 되었죠.

추운 날에도 얇디얇은 '물소중이**'를 입고서 깊은 바닷속으로 들어가 물길을 헤치며 성산포의 세찬 바다와 한몸이 되어 숨이 길고 물질을 잘하는 상군 해녀가 되기 위해 노력했어요.

가난한 초가집에 살았던 열다섯 살 소녀는 나이가 들어 기력이 없어 일을 못 하시는 외할머니를 위해 끼니를 준비하고 생필품을 구하며 한 번도 해본 적이 없는 가장의 역할을 어린 나이에 시작해야만 했어요.

그래서 할머니는 하루도 쉬지 않고 물질을 했답니다. 바람이 불고, 비가 내리는 날에도 할머니는 늘 바다와 함께였죠. 바다와 놀고, 바다와 기뻐하고, 바다와 슬퍼하며 푸르른 바다를 가슴에 품었어요.

모든 것을 잘 해내려고 열심히 노력하는 열다섯 살 할머니가 마음에 들었는지 성산포의 푸르른 바다는 할머니에게 전복도 선물해 주고 소라도 선물해 주며 할머니의 걱정을 덜어주었어요.

키가 작아 '꼬마 삼촌'이라는 별명을 가진 동네 어르신의 소개로 할머니는 스무 살에 할아버지를 처음 만났어요. 부산이라는 도시에서 고등학교를 마친 할아버지는 눈이 부리부리하고 코가 오뚝하여 누가 봐도 '잘 생겼네!'라고 곁눈질을 할 만큼 반듯한 모습이었어요.

할아버지를 처음 만난 할머니는 가슴이 '쿵' 하고 내려앉는 것을 느꼈죠. 도시 남자처럼 잘생긴 할아버지는 할머니와의 첫 만남에서 할머니의 마음을 홀라당 가져가 버렸답니다.

성산포의 푸른 바다밖에 몰랐던 할머니는 할아버지에게서 첫사랑 같은, 뭐 그런 감정을 가슴에 품었어요. 그리고는 달님이 세 번 모습을 바꾸자 할아버지와 결혼을 했답니다.

햇살 드는 창가에 앉아 책을 읽는 할아버지의 모습은 글을 몰랐던 할머니에게는 신선한 바람이었고, 한 폭의 그림이 되어 주었어요.

할머니가 해녀 일을 마치고 집으로 돌아올 때면 할아버지는 늘 할머니가 따뜻한 물에 몸을 씻을 수 있도록 가마솥에 물을 데워 놓았고, 행여 배가 고플까 봐 고구마나 감자를 삶아 두셨어요. 그리고는 할머니가 잡아 온 성게를 같이 장만하며 행여 날카로운 성게 가시에 할머니의 손가락이라도 다치게 될까 봐 조심하라는 다정한 당부를 하고, 바다 향이 짙은 노란 성게 알을 맛보는 일은 세상에서 가장 즐거운 일이라며 할머니의 기를 살려주곤 하셨죠.

가난한 어촌 마을에서 무식쟁이 아내를 가진 남편이 들려주는 다정한 칭찬의 소리는 발을 달고 이집 저집으로 흘러 들어갔고, 할머니를 시기하는 험담이 돌기도 했답니다.

'행복이라는 게 이런 느낌일까?'라고 할머니가 처음으로 행복이라는 감정에 흠뻑 빠져 있을 때 즈음, 할머니의 행복을 싹둑 잘라내는 분이 계셨어요.

그분은 다름 아닌 할머니의 시어머니였답니다. 저에게는

외증조할머니가 되시는 분이죠. 증조할머니는 일찍이 남편을 잃고 아들 셋을 홀로 키운 해녀 대장이었는데 동네 남자들도 모두 혀를 내두를 정도로 독하고 무서운 분이셨어요. 소라와 전복을 따서 세 아들을 키우셨고, 톳과 미역을 따서 세 아들을 공부시키는 데 보탠 대단한 여장부셨죠.

증조할머니는 성산포 해녀들이 모두 부러워할 만큼 물질을 잘해 많은 해녀가 따랐는데요. 바다와 한몸이 되어 오랫동안 생활하셨던 증조할머니의 눈에서는 매서운 빛이 보이기도 했답니다.

증조할머니는 늘 할머니에게 말씀하셨어요.

"너의 남편이 우리 집에 장손인 거 알고 있지?"

"그러니 대를 잇기 위해서라도 아들은 반드시 세 명 이상 낳아야 한다. 알겠니?"

증조할머니는 질병으로, 4·3사건으로 그리고 전쟁으로 아들을 잃고 슬퍼하는 동네 할머니들을 많이 봐 온 터라 대를 잇기 위해서는 아들이 많이 필요하다고 생각하셨나 봐요.

옛날 어른들이 딸보다 아들을 귀하게 여기는 것을 드라마나 영화에서 볼 때마다 솔직히 이해가 안 되었는데, 그 어이없는 이야기가 우리 외갓집에서 오래전에 있었던 거죠. '딸보다는 아들, 아들이 최고야!'라는 생각을 증조할머니는 뼛속까지 깊게 품고 있었답니다.

기가 센 시어머니 앞에서 허리를 구부리며 숨조차 제대로 쉴 수 없었던 할머니는 아들을 많이 낳으라는 증조할머니의 말씀에 한마디 말대꾸도 하지 못하고 고개만 끄덕였답니다. 어릴 적 아주 당차고 고집 셌던 성산포 똑순이는 한순간에 와르르 무너져 버렸어요.

대장부처럼 온 가족을 호령하는 증조할머니의 그늘에서 오연옥 할머니의 길고 고단한 여정이 시작되었답니다. 그 긴 여정은 1950년부터 지금까지 70년을 넘는 오랜 시간 동안 이어져 왔어요.

어떤 이는 아이 갖기가 힘들어 절에 가서 빌고 교회에 가서 기도한다고 했지만, 할머니의 아기씨는 건강했는지 너무 쉽게 첫아이를 가질 수 있었어요.

첫째 아이를 가진 할머니의 모습은 작은 키에 비해 배가 너무 많이 나왔어요. 동네 사람들은 항아리 같다며 우스운 듯 할머니의 배를 만져보기도 했답니다. 첫아이인데도 입덧도 하지 않고 씩씩한 할머니의 모습을 보고서는 동네 사람들은 '아들이네.' '아니야, 딸이야!'라며 옥신각신 다투었어요.

하지만 평소 동네에서 산파 역할을 하셨던 얌전이 할머니의 말씀을 듣고서는 모두 할머니의 배 속에는 건강한 사내아이가 있다고 믿게 되었죠.

"배꼽이 쏙 들어갔고, 배 모양이 위는 홀쭉하고 아래는 볼록 나왔으니 아들이 맞아!"

아들 같다는 말을 들은 증조할머니의 얼굴에는 웃음꽃이 피었고 스무 살에 첫아이를 가져 부끄러워하는 할머니의 손을 조심스럽게 잡고서는 몸조심하라는 다정한 당부까지 하셨어요.

할머니도 아들이라는 얌전이 할머니의 말에 안도의 숨을 쉬었고, 배 속에 있는 아기를 '개똥이'라고 부르며 건강하게만 태어나라고 기도하셨어요.

증조할머니는 첫 손자에게 입힐 배냇저고리를 손수 만들어 요리 보고 조리 보며 웃음을 잃지 않으셨고, 손자가 태어나면 동네 사람들에게 떡을 해서 돌리려고 좀처럼 보기 힘든 귀한 쌀 한 말을 준비해 두셨어요.

모두 가난했던 시절이라 쌀은 매우 귀한 식량이었고, 그렇게 귀한 쌀을 한 말이나 준비하셨다는 증조할머니의 말을 들은 성산포 사람들은 모두 놀라 입을 다물지 못했다고 해요.

해녀 대장의 씀씀이는 그 누구와도 비교가 되지 않을 만큼 대단했죠.

첫 손자에 대한 증조할머니의 기대는 매우 컸고, 첫 손자를 품에 안을 날을 기다리는 증조할머니의 눈에서는 그동안 볼 수 없었던 반짝이는 별들이 보이곤 했어요. 매번 보여주었던 독기와 살얼음처럼 차가웠던 모습은 모두 사라지고 순한 양의 모습으로 변하셨죠.

별이 쏟아질 것 같은 어느 초여름 밤, 할머니의 진통은 시작되었어요. 얌전이 할머니가 급하게 외갓집으로 왔고, 할머니의 첫째를 받아냈어요.

그런데 이를 어째, 얌전이 할머니의 예상과는 달리 첫 번째 딸이 태어났어요. 할머니의 첫째, 명오 이모가 태어난 거죠.

"에고, 아들이 아니라 딸이네. 첫째는 딸도 괜찮지 않나?"

할머니의 출산을 도와주셨던 얌전이 할머니가 떨리는 목소리로 첫 손녀의 탄생을 알려 주었죠. 그 소리를 들은 증조할머니는 아무 말도 없이 입을 꽉 다물었고 다시 또 살얼음처럼 차가운 할머니로 돌변하셨죠. 그런 증조할머니가 무서워 얌전이 할머니는 급한 볼일이 있다며 얼른 자리를 떴어요.

증조할머니는 명오 이모의 얼굴을 힐끔 보더니 "첫 딸은 살림 밑천이다!"라는 말씀만 하고서는 잔뜩 실망한 표정으로 성산일출봉 바로 옆 수마포로 물질을 나가셨어요.

할머니는 첫째 아기의 탄생이 신기하기도 했고, 조그맣고 앙증맞은 아기의 모습이 너무 예쁜데 맘 놓고 예뻐하지 못해 속상한 마음이 들었죠. 예쁘게 태어난 첫째 딸에게 미안한 마음이 들었던 할머니는 명오 이모를 품에 안고 오랫동안 울었답니다.

첫 손자가 태어날 거라고 잔뜩 기대하고 있었던 터라 증조

톡
톡
톡
—

한 방울
두 방울
세 방울

할머니의 실망감은 매우 컸어요. 그래서인지 명오 이모가 태어난 그날, 수마포에서 들려오는 증조할머니의 숨비소리는 유난히 크게 울렸어요.

증조할머니의 슬픈 숨비소리를 들은 맑은 하늘도 슬픔을 느꼈는지 '톡 톡 톡' 한 방울, 두 방울, 세 방울, 비를 내려주었죠.

할머니의 첫째, 명오 이모는 코스모스 같았어요. 허리가 가늘어서 동네 사람들이 명오 이모에게 코스모스라는 별명을 붙여 주었죠.

첫 손녀의 탄생을 탐탁지 않게 생각하셨던 증조할머니의 날카로운 눈빛을 받으며 자란 명오 이모에게는 넘어야 할 산들이 많이 기다리고 있었어요.

맏이라서 짊어져야 하는 책임감과 동생들을 위해 희생해야만 하는 삶이 기다리고 있었죠. 그리고 할머니의 첫째, 명오 이모는 방황하는 많은 동생이 잘 자랄 수 있도록 올바른 길로 안내하는 나침판 같은 역할을 해야만 했기에 그 누구보다도 모범생이어야만 했죠. 그 어떤 것도 허투루 해서는 안 되는 그런 자리에 앉게 되었죠.

할머니의 첫째는 코스모스 같은 명오 이모랍니다!

둘째. 명숙 이모의 탄생

외갓집 명가수의 탄생!

첫 손녀를 본 증조할머니의 실망감이 사라져 갈 즈음, 할머니는 두 번째 아이를 가졌어요.

손자를 바라는 증조할머니의 바람이 너무 컸고, 서슬 퍼런 증조할머니의 눈치를 무시할 수 없었던 할머니는 제발 이번에는 아들이 태어나기를 간절히 빌었답니다. 그리고 지난번에 살-짝 실수를 했던 얌전이 할머니도 만삭의 몸으로 앞서 걸어가시는 할머니의 뒷모습을 보고는 말씀하셨어요.

"걸음걸이가 가벼우면서도 힘이 있어 보여. 그러니 이번에는 정말 아들이 맞아!"

증조할머니도 첫째 아이를 가졌을 때와는 달리 몸을 가볍게 움직이는 할머니의 뒷모습을 보고 얌전이 할머니와 맞장구를 치며 좋아하셨답니다. 그리고 자신 있게 말씀하셨어요.

"그렇지? 몸이 가벼운 걸 보니 이번에는 손자가 틀림없어. 건강한 손자가 태어날 거야!"

주변에서는 아들 같다고 좋아하는데 정작 할머니는 걱정을 많이 했어요. 또다시 딸이 태어난다면 증조할머니가 심하게 역정을 내실 것 같아 무섭기도 했고요.

그 시절에는 아들을 못 낳았다는 이유로 며느리가 친정집으로 쫓겨 가는 아주 이상한 일이 있기도 했기에 할머니는 행여나 자신에게 그런 불행한 일이 일어날까 봐 걱정을 많이 했죠.

그런데 할머니의 걱정은 현실이 되어 버렸어요. 이번에도 얌전이 할머니와 증조할머니의 예상을 와장창 깨고 둘째, 명숙 이모가 태어났어요.

둘째 손녀가 태어났다는 소리를 들은 증조할머니는 아기의 얼굴도 보지 않고 방 밖으로 나가셨고, 그리고서는 얌전이 할머니에게 순 엉터리라며 한바탕 찰진 욕을 해댔어요.

수고했다는 말 대신에 증조할머니에게 찰진 욕을 잔뜩 먹은 얌전이 할머니는 다시는 외갓집에 오지 않겠다고 굳은 다짐을 하며 집으로 돌아갔답니다.

명숙 이모는 울보였어요. 앞집, 옆집, 뒷집 모두가 명숙 이모의 울음소리를 듣고 살았죠. 특히 증조할머니가 내리 딸만

둘을 낳은 할머니에게 시큰둥한 목소리로 잔소리를 하는 날에는 울음소리가 유독 커서 증조할머니는 "누굴 닮아서 저렇게 빽빽 울어대는 거야!"라며 고개를 흔들며 자리를 피했답니다.

그런 모습을 보고서 앞집 석이 할머니는 눈을 흘기며 말씀하셨어요.

"누굴 닮기는 누굴 닮아요. 할머니를 꼭 닮은 손녀가 태어났네. 우는 소리가 쩌렁쩌렁한 게 할머니를 이어서 해녀 대장을 하려나 보네."

울음소리가 유독 컸던 명숙 이모, 그래서인지 명숙 이모는 그 큰 목소리로 외갓집의 행동대장이 되었답니다.

말이 없고 가냘파서 코스모스 같다는 별명을 가졌던 큰 이모를 대신하여 어린 동생들을 호령하였답니다. 명숙 이모의 강력한 한방을 피하고자 일곱 명의 동생들은 모두 명숙 이모 앞에서는 순한 양이 되어야만 했고요.

석이 할머니의 말씀처럼 증조할머니를 꼭 닮은 당차고 똑부러진 성격을 가진 분이 바로 명숙 이모였던 거죠.

큰 목소리의 소유자였던 명숙 이모는 우리 가족 중에서 노래를 가장 잘 부른답니다. 외갓집 식구 모두가 가수처럼 노래를 잘 부르지만, 그중에서도 제일은 명숙 이모랍니다.

외갓집 식구들이 모두 좋아하는 노래방을 찾을 때면 외삼촌은 항상 명숙 이모의 애창곡인 '동백 아가씨'라는 노래를 예약하곤 해요. 제가 모르는 이 노래, '동백 아가씨'라는 노래를 부르는 명숙 이모를 보고서 동네 사람들은 명가수라고 칭찬을 했답니다.

그렇게 외갓집 명가수, 그리고 증조할머니를 꼭 닮은 둘째 딸이 태어났답니다!

내리 두 손녀를 보신 증조할머니는 손자를 보고 싶다는 말을 거침없이 하시면서 끝없이 할머니를 들볶았어요.

“시집가면 남의 집 식구가 될 딸들만 낳으면 어떻게 하니?”

“아무짝에도 쓸모없는 딸만 낳고도 미역국이 입으로 들어가니?”

심지어 증조할머니는 아들만 넷을 내리 낳으신 돌이 할머니의 속바지를 보리쌀 한 되와 맞바꾸고 와서는 할머니에게 입히기도 했답니다.

아들을 많이 낳은 사람의 속옷을 입히면 아들을 낳게 된다는 미신을 믿을 정도로 증조할머니의 손자에 대한 기대는 무척이나 컸던 것 같아요.

증조할머니의 일편단심, 빨리 손자를 보고 싶다는 다그침은 더욱더 심해졌고, 할머니도 아들을 꼭 낳아서 시어머니에게 떳떳한 며느리가 되어야겠다는 오기가 불쑥 생겼답니다. 그래서 할머니는 새벽마다 성산일출봉 기슭에 자리 잡은 처녀바위님께 올라가 아들을 점지해달라고 빌고 또 빌었죠.

성산일출봉에 신비롭게 자리 잡고 있는 처녀바위는 아들을 간절히 원하는 사람들이 치성을 많이 드리면 아들을 주신다는 신비의 전설이 있는 바위래요.

증조할머니의 무서운 눈빛에서 벗어나고 싶은 할머니는 아들을 낳기 위해 지푸라기라도 잡고 싶은 심정으로 몇 날 며칠을 새벽마다 일출봉 기슭으로 올라가 처녀바위님 앞에 무릎을 꿇고 아들을 주십사고 빌고 또 빌었죠. 눈이 오나 비가 오나 궂은 날에도 할머니의 기도는 계속되었어요.

할머니의 간절한 기도가 하늘에 닿았는지 어느 따뜻한 봄밤에 드디어 할머니는 아들을 낳았어요. 바로 우리 외갓집에 유일한 XY, 외삼촌이 태어난 거죠.

눈이 초롱초롱하고 오목조목하게 잘생긴 외삼촌에게 밤톨이라는 별명이 붙었고, 밤톨같이

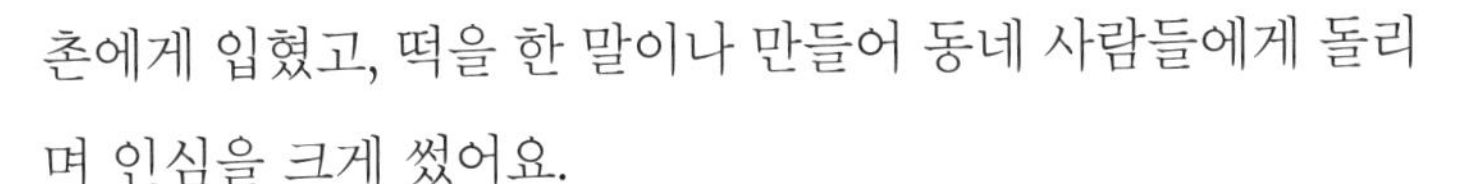

잘생긴 외삼촌은 집안을 환하게 비춰 주었죠. 가시같이 날카로운 증조할머니의 마음도 사르르 녹여 주었답니다.

드디어 증조할머니는 손자 입히려고 만들어 두었던 배냇저고리를 꺼내어 외삼촌에게 입혔고, 떡을 한 말이나 만들어 동네 사람들에게 돌리며 인심을 크게 썼어요.

그리고 그동안 말도 하지 않고 지냈던 얌전이 할머니와도 언제 싸웠느냐는 듯이 웃으며 말을 했고 시도 때도 없이 손자 자랑을 했답니다.

"아이고, 잘생기기도 했지. 인물이 훤하고 눈이 총명하게 생겨서 장군감이다. 장군감이야!"

할머니도 아들을 낳아야 한다는 커다란 숙제를 마쳐 마음이 홀가분했고 눈이 맑은 아들을 보며 '듬직한 내 편이 생겼구나.'라는 생각을 하였답니다.

할머니는 외삼촌의 탄생으로 아들을 낳아야 한다는 무거운 짐을 떨쳐낼 수 있었고, 외삼촌의 하품 소리까지도 사랑하게 된 증조할머니는 그동안 보여주셨던 차가운 얼음송곳의 모습을 버리고 손주 사랑이 넘치시는 넉살 좋은 할머니의 모습으로 외삼촌의 곁을 지키곤 하셨어요.

할머니가 말씀해 주시는 밤톨처럼 잘생긴 외삼촌의 모습이 궁금하던 차에 우연히 외삼촌의 사진을 보게 되었어요.

대학생 때, 제복을 입고 찍은 외삼촌의 사진을 본 순간 저는 알게 되었죠. 밤톨처럼 잘생긴 외삼촌을 통해서 증조할머니는 아주 큰 위로를 받았을 거라는 걸요. 우리 할머니 또한 외삼촌을 통해 큰 기쁨을 받았을 것 같더라고요.

정말 멋있는 손자, 그리고 자랑스러운 아들의 모습이더군요.

외갓집 XY-!

외삼촌이 태어난 후 할머니는 아들을 낳았다는 자신감으로 어릴 적 당돌함이 조금씩 되살아났어요.

할머니는 용기를 모으고 모아서 증조할머니에게 아들 한 명을 낳았으니 이제는 아이를 그만 갖겠다고 어렵게 말씀을 드렸어요.

그러나 되돌아오는 건 타박뿐이었죠. 증조할머니는 또다시 손자 타령을 시작하셨답니다.

"아들을 낳으려면 나처럼 셋은 낳아야지!"

"두 번째 손자는 또 아비를 닮아 얼마나 예쁠까?"

아직 태어나지도 않은 둘째 손자를 예쁠 거라고 당연한 듯 말씀하시는 증조할머니의 압박은 계속되었고, 할머니도 아들 하나는 부족한 듯하여 마지막으로 손자 한 명을 증조할머니께 안겨드리고 출산을 그만해야겠다고 다짐을 했죠.

할머니는 마지막 여정을 끝내기 위해 이른 새벽, 성산일출봉으로 다시 올라갔어요.

아무도 오르지 않는 칠흑처럼 어두운 길을 따라 성산일출봉으로 올라가는데 새벽녘 별 하나가 가엾은 할머니의 심정을 헤아려주는 듯 조용히 빛을 내어 주었답니다. 그리고 신비로운 처녀바위님께 한 번만 더, 딱 한 번만 더 아들을 보내 주십사고 빌고 또 빌었죠.

하지만 할머니의 욕심이 과했는지 딸이 태어났어요. 셋째 딸이 태어났답니다.

실망한 증조할머니는 아이의 이름을 '명' 자 돌림이 아닌 '영'으로 바꿔버렸고, 다음에는 꼭 손자가 태어나는 기쁜 일이 있기를 바라며 '희'자를 붙었어요. 그래서 '영희'라는 이름의 이모가 탄생하게 된 거죠.

우리 엄마와 이모들의 이름은 모두 명오, 명숙, 명자, 명옥, 명실, 명원, 명애인데 유일하게 셋째 이모만 영희라는 이름을 가지게 되었죠.

초등학교 때 영희 이모는 교과서에 나오는 '영희와 철수' 때문에 친구들에게 놀림도 많이 받았어요. "영희의 남자 친구는 철수다!"라고 놀리는 동네 친구와 싸움박질도 했답니다.

지금은 아무렇지 않다고 하지만 가끔은 영희 이모의 진짜 마음이 궁금하기도 해요. 그래서 저는 영희 이모에게 물어본답니다.

"영희 이모, 진짜 괜찮은 거 맞아요?"

대답 대신 영희 이모는 빙그레 웃기만 하세요.

영희 이모는 남동생이라는 기쁨을 주지는 못했지만 어려서부터 살림 솜씨와 음식 솜씨가 매우 좋아 가족들에게 아주 맛있는 음식을 만들어 맛보게 해주는 큰 기쁨을 주었답니다.

외갓집 제일가는 요리사가 되었죠. 특히 영희 이모의 '고기국수'는 제주도에서 제일가는 맛이랍니다.

외갓집 제일가는 요리사

영희 이모의 '고기국수'는

제주 제일!

할머니가 세 명의 딸과 한 명의 아들을 낳은 즈음은, 우리 나라가 그리 넉넉한 때가 아니었어요. 인구수가 많으면 모두 가난에서 벗어나지 못한다고 생각하여 국민에게 가족계획을 홍보하고 있었던 때라고 하네요.

그 시절 가족계획을 홍보하는 표어랍니다. 가난했던 시절에 딸, 아들 구별하지 말고 둘만 낳아 잘 키우자는 생각을 했었던 거죠.

그즈음, 성산포에도 살 만하다 싶은 부잣집에는 흑백텔레비전이 부의 상징처럼 뽐내듯이 있었고, 텔레비전 방송이 시작하고 끝날 때마다 흘러나왔던 애국가만큼이나 '둘만 낳아 잘 기르자!'라는 가족계획을 홍보하는 방송이 울려 퍼졌답니다.

이른 저녁을 빨리 먹고서는 텔레비전을 보기 위해 외갓집 식구들은 동네에서 유일하게 텔레비전이 있었던 성산 할머니댁으로 몰려 갔고, 텔레비전을 재미있게 보고 있다가도 가족계획 홍보 영상이 갑자기 흘러나올 때마다 죄지은 사람들처럼 고개를 떨구곤 했답니다.

그리고 할아버지는 고등교육을 받았다는 이유로 성산포 마을 이장을 맡고 계셨답니다. 마을 이장인 할아버지는 국가가 주도하는 가족계획을 성산포 사람들에게 열심히 홍보하고 알리고자 '아들 딸 구별 말고 둘만 낳아 잘 기르자.'라는 표어가 적힌 긴 어깨띠를 매고 성산포 마을 주민들을 대상으로 가족계획 홍보를 하시곤 하셨죠. 그런데 정작 같이 사는 할머니는 아이를 갖고 낳는 일을 반복하셨지 뭐예요.

정말 우스운 장면이 성산포라는 커다란 무대 위에서 펼쳐진 거죠. '둘만 낳아 잘 기르자!'라고 어깨띠를 맨 할아버지는 집 밖에서 가족계획을 홍보하는데, 그런 남편을 둔 할머니는 아이를 갖고 이듬해에 아이를 낳는 일을 반복하니 동네에서는 우리 외갓집을 두고 이러쿵저러쿵 수군거리는 말을 많이 했답니다.

입에서 입으로 전해지는 성산포 신문에는 전래동화처럼 우리 외갓집 아기 탄생 이야기가 발이 달린 듯 이 사람, 저 사람에게로 전해지고 있었답니다.

성산포 신문

'둘만 낳아 잘 기르자!'라고 가족계획 운동에 열심히 앞장서고 있는 이장 댁에 넷째가 태어났다고 합니다. 아들이 태어나기를 간절히 빌었는데 이번에도 딸이 태어났다고 합니다. 이번에 태어난 아이는 셋째 딸이라고 합니다.

이름은 영희라고 하네요!

다섯째, 명자 이모의 탄생

뻥뻥이 할머니의 한 방!

아이 넷을 내리 낳으신 할머니는 이젠 정말 아이를 그만 낳아야겠다고 굳은 결심을 했답니다.

증조할머니 또한 가족계획을 열심히 홍보하고 있는 아들의 눈치가 귀찮았던지 할머니의 생각에 무언의 동의를 하셨어요. 그런데 얼마 지나지 않아 외가댁에는 한결같이 들려왔던 소리가 크게 울려 퍼졌어요.

"우웩- 우웩-"

다시는 아기를 갖지 않겠다고 다짐을 했건만 할머니는 다시 입덧을 시작했죠. 이제 더는 동네 사람들의 비웃음을 받고 싶지 않은 할머니는 혼자 고민에 빠졌답니다.

한참의 고민 끝에 할머니는 아주 무서운 결심을 했어요. 배 속의 아이를 낳지 않겠다고 결정하게 되었죠. 그때만 해도 낙태라는 수술이 병원에서 비밀스럽게 실시되고 있었던 터라 할머니는 다음 날 해가 뜨자마자 병원에 가기 위해 동네 공터에서 한 시간마다 오는 버스를 기다리고 있었죠.

걱정 가득한 얼굴로 시무룩하게 앉아 있는 할머니를 보고 평소 할머니와 자매처럼 친하게 지내시는 할머니 한 분이 다가오셨답니다. 볼살이 뽕뽕하게 올라 뽕뽕이 할머니라는 별명을 가지고 있는 뽕뽕이 할머니가 물으셨어요.

"어딜 그리 심각한 얼굴로 가?"

"병원에 가요."

"왜? 어디가 아파?"

"아니요. 아기를 가졌는데 병원에 가서 낙태 수술을 받으려고요."

놀랐는지 뽕뽕이 할머니는 한동안 말씀이 없으시더니 남의 얘기 하듯 무심히 얘기를 툭 하고 꺼내셨어요.

"명오 엄마, 내가 요전 날에 꿈을 꾸었는데 명오 엄마네 집으로 황소 한 마리가 들어갔어. 내가 그 황소를 우리 집으로 끌고 오려고 애를 무진장 썼는데 안 되더라고. 황소 태몽은 아들을 낳는 꿈이라고 하던데."

그리고 뽕뽕이 할머니는 심각한 표정으로 말을 이어갔어요.

"내가 명오 엄마 대신에 태몽을 꾼 것 같은데. 혹시 아들이 아닐까?"

버스는 다가오는데 뽕뽕이 할머니의 말씀을 들은 할머니는 깊은 고민에 빠지게 되었죠.

'뽕뽕이 할머니의 말처럼 정말 아들이면 어떻게 하지?'

'씩씩하고 건강한 황소 같은 아들이면 어떻게 하지?'

이런저런 고민을 하다 보니 버스는 휑하니 지나가 버렸어요. 잔뜩 먼지만 일으키고 멀어져 가는 버스 뒷모습을 쳐다보며 운전을 제멋대로 한다고 얼굴도 모르는 운전기사를 타박하며 할머니는 집으로 돌아오셨어요. 그리고 일곱 달 후 아이를 낳았답니다. 다섯째 명자 이모가 태어났어요.

명자 이모의 탄생은 뽕뽕이 할머니의 훈훈한 태몽 이야기 덕분이었어요. 평소 재치 있는 말과 행동으로 동네 사람들에게 인기가 많았던 뽕뽕이 할머니의 태몽 이야기 덕분에 명자 이모가 태어날 수 있었답니다.

뽕뽕이 할머니는 외갓집 아홉 아이 중에서 유독 명자 이모를 예뻐하셨어요. 아마도 뽕뽕이 할머니의 재치 있는 태몽 이야기로 태어난 명자 이모가 그 누구보다도 애틋하고 예뻐 보였겠죠?

여섯째 명옥 이모의 탄생

우뭇개 바람과 함께 탄생하다!

이듬해인 1964년 어느 늦은 가을날에 할머니는 또 한 명의 딸을 낳으셨어요. 여섯째 명옥이 이모가 태어났답니다. 명옥이 이모가 세상으로 무사히 나오기까지는 아주 큰 사건이 있었답니다.

할아버지는 마을 이장이며 어촌계장 등을 하면서 마을 일에만 매달려 가정형편에 도움을 주지 못했고, 집안 살림에 대한 모든 일은 할머니가 책임을 지셔야만 했어요. 그래서 해녀 일을 하셨던 할머니는 임신 중에도 물질을 해야만 했죠. 정말 대단하신 분이랍니다.

그날도 바람이 세서 파도가 조금은 높았지만, 여느 때처럼 할머니는 성산일출봉 바로 옆 우뭇개 바다로 물질을 나가셨어요. 깊은 바다 안에서 소라, 전복을 한껏 잡고는 물 위로 올라왔는데 할머니의 목숨 줄인 테왁이 파도에 밀려 멀리 떠내려가고 말았죠.

테왁을 향해 헤엄을 쳐 다가서면 테왁이 다시 파도에 밀려 멀어지기를 수차례 반복하였죠. 할머니는 힘이 부치고 숨이 차올랐어요. 금방이라도 숨이 멈춰버릴 것 같은 두려움을 느꼈죠. 그리고 임신한 무거운 몸으로 헤엄을 치려니 더 힘이 들었답니다.

할머니의 머릿속에는 집에서 기다리고 있을 다섯 아이의 올망졸망한 얼굴들이 스쳐 지나갔고 '여기서 잘못되면 절대 안 돼!'라는 생각을 하게 되었죠. 그래서 또다시 죽을힘을 다해 테왁을 향해 다가서기를 여러 번 했지만 무심한 테왁은 할머니 곁으로 돌아오지 않았어요.

거의 할머니의 힘이 바닥에 닿았을 때, 할머니는 배 속에 있는 아기라도 꼭 살려야겠다는 생각으로 마지막 남아 있는 힘을 모아가며 포기하지 않고 헤엄을 쳤어요.

그리고 마음속으로는 우뭇개를 다스리는 영등신에게 제발 배 속에 있는 아기만은 살려달라고 간절히 빌었죠.

그때 갑자기 우뭇개 바람이 할머니 쪽으로 확 돌아서더니 멀어졌던 테왁이 할머니 앞에 턱 하고 나타났답니다. 바람과 함께 돌아온 테왁을 붙잡고서는 할머니는 '감사합니다!'라는

영등신님,

제발 배 속에 있는

아기만은 살려주세요!

말만 되풀이했죠.

바람이 조금이라도 늦게 돌아섰다면 아마도 할머니와 배 속 아기는 하늘나라로 갈 수도 있었던 아주 위험한 상황이었던 거죠.

자식을 살리겠다는 간절함이 할머니와 배 속에 있었던 명옥이 이모를 살린 셈이죠. 그래서인지 명옥이 이모는 마음이 가장 따뜻하고 포근한 것 같아요.

어려운 상황에서도 가난한 나라의 아이들을 일곱 명이나 도와주는 천사 같은 이모랍니다. 하마터면 할머니는 천사를 잃을 뻔했네요.

아마도 우뭇개를 다스리는 바람과 영등신은 천사 같은 명옥이 이모를 세상으로 꼭 내보내야겠다고 마음먹었나 봐요.

할머니의 여섯째, 천사 같은 명옥이 이모가 태어났답니다!

3년 후, 또 한 명의 생명이 탄생을 기다리고 있었어요. 할머니가 일곱 번째 아이를 가지신 거죠.

첫째 명오 이모와 둘째 명숙 이모가 집안일을 도울 수 있는 나이가 되자 할머니는 마음의 여유가 생겼답니다. 그래서 여느 때보다 마음을 편히 먹기로 했죠.

“여섯 아이 먹는 밥상에 숟가락 하나만 더 얹으면 되지 뭐. 여섯이나 일곱이나 매한가지 아닐까?”

할머니는 밥상머리에 빙 둘러앉아 있는 밤톨 같은 아들과 오목조목하게 자기만의 빛깔을 내고 있는 다섯 명의 딸들을 볼 때마다 어린 시절, 식구가 없어 외할머니와 단둘이 초라한 시간을 보냈던 기억을 떠올리며 외로웠던 시절에 대한 보상을 받는 기분을 느꼈답니다.

그리고 '행복하다!'라는 감정에 푹 빠졌어요. 아이들의 웃음소리, 잠시도 조용한 적이 없는 시끌시끌한 집안 풍경이 할머니는 너무 좋았던 거죠.

손자 타령하는 증조할머니의 잔소리가 사라진 지 오래되었지만, 할머니는 증조할머니를 핑계 삼아 아이 낳기를 이어가기로 결심했답니다.

할머니의 자궁 안에 있던 아이는 매우 활발했답니다. 외삼촌과 이모들은 순해서 임신 중에도 할머니는 힘든 것을 모르고 지내셨는데, 일곱 번째 아이는 까불이 대장이었어요. 수시로 할머니의 배를 발로 차서 할머니를 깜짝깜짝 놀라게 하고, 할머니의 단잠을 깨우곤 했죠.

그래서 할머니는 '어쩌면 아들이 아닐까?'라는 기대도 살짝 했었답니다.

어느 이른 봄날, 마을 이장을 맡고 계셨던 할아버지는 성산포 사람들에게 밀가루 배급을 하고 있었어요. 할아버지를 도와 밀가루 배급을 돕고 계셨던 만삭의 할머니는 갑자기 산통을 느끼기 시작했죠.

할머니 배 속에서 유독 까불대며 활발했던 아기는 평소 외갓집 출산을 도와주었던 얍전이 할머니가 도착하기도 전에 할머니 자궁 안에서 탈출을 했답니다.

숨죽이며 할머니의 빠른 출산을 지켜봤던 동네 사람들은 진통이 시작된 지 5분도 채 안 되어 아기가 태어났다며, 이러니 할머니가 순풍순풍 아기를 많이 낳나 보다 하며 신기해했답니다.

바깥세상이 많이 궁금했는지 열 달을 다 채우지도 않고 태어난 아기는 여섯 번째 딸이 되었죠. 태어나는 순간에도 까불거리며 급하게 태어난 아기는 까불이 여왕이 되었답니다. 활발하고 씩씩한 딸, 그분이 바로 우리 엄마랍니다.

할머니의 자궁 안에서 무척이나 까불어 댔던 우리 엄마는 바다로 산으로 놀러 다니기를 무척 좋아했어요.

비가 오나 눈이 오나 집에는 붙어 있지 않고 밖으로 놀러 다니기를 좋아했던 우리 엄마는 어릴 적에 성산일출봉 초록의 잔디밭에서 썰매를 타고, 수마포에서는 소라를 잡고, 우뭇개에서는 톳을 캐고, 오정캐에서는 문어도 잡았어요. 그리고 통밭알 조개밭에서는 조개 캐는 선수로 변신하기도 했지요.

그렇게 놀기 좋아했던 엄마는 왜 제가 신나게 놀고 있을 때마다 공부하라고 잔소리를 하는 걸까요? 까불대며 놀아댔던 엄마의 어린 시절을 잊은 걸까요?

아무튼, 할머니는 엄마를 낳고, 엄마는 저를 낳고, 어쩌면 제가 이 자리에 있을 수 있는 것도 우리 엄마를 낳겠다고 결심한 할머니의 굳은 마음 때문이었다는 것을 알게 되었답니다.

할머니, 우리 엄마를 낳아 주셔서 감사합니다!

할머니의 일곱째는 까불까불, 까불이 여왕인 우리 엄마랍니다!

여덟째. 명원 이모의 탄생

할머니의 단짝 친구, 할머니의 해결사!

어느 날 할머니는 커다랗고 탐스러운 복숭아 하나가 하늘에서 할머니의 치마 위로 툭 떨어지는 꿈을 꾸었답니다. 이전까지와는 달리 꼭 실제 있었던 일처럼 꿈이 너무 선명하더래요.

혹시나 했는데 역시나 할머니는 또 한 명의 생명을 잉태하신 거죠. 태몽을 꾸고 난 후에도 할머니는 여러 번 복숭아를 따서 바구니에 담고서 집으로 돌아오는 꿈을 꾸곤 했어요.

그래서 태어난 분이 여덟째 명원 이모예요. 명원 이모의 볼이 발그레한 것은 아마도 복숭아 꿈 때문인 듯해요.

엄마들이 아기를 가질 때면 태몽을 꾼다고 하죠?

우리 엄마도 저를 임신하셨을 때 푸른 초원에서 돼지들이 뛰어노는 꿈을 꾸셨다고 하셨어요.

그런데 우리 할머니는 삶이 고달팠는지 많은 아이를 낳으면서 태몽이라는 것을 꾼 적이 없으셨어요. 아홉 오누이 중에서 할머니의 태몽과 함께 유일하게 태어난 자식이 있다면 명원 이모였던 거죠. 그래서인지 명원 이모와 할머니는 그 어떤 부모 자식보다도 더 끈끈하고 애정이 깊은 것 같아요.

명원 이모는 혼자 독립하기까지 할머니의 곁에서 50년이라는 가장 긴 시간을 오랫동안 함께 지냈답니다. 햇빛이 찬란한 날에는 딸처럼, 비가 오는 날에는 단짝 친구처럼, 그리고 바람이 부는 날에는 자매처럼 그렇게 오랜 시간을 할머니와 이모는 함께 보냈어요.

기나긴 밤을 할머니와 명원 이모는 오랫동안 함께하며 많은 대화를 나누고, 걱정을 나누고, 행복을 나누고, 그리고 진심을 나누었어요.

만약, 할머니의 아홉 오누이가 모두 모여서 할머니의 인생 맞추기 퀴즈 게임을 한다면 단연코 명원 이모가 우승할 거라고 저는 장담해요.

오랜 시간 할머니의 시선에서 모든 것을 지켜봤고, 할머니의 입장에서 모든 것을 해결해 주었던 해결사이기 때문이죠. 그리고 그 누구보다도 할머니와의 추억이 가장 많은 이모이기 때문이죠.

그래서인지 할머니는 언제, 어디서든지 명원 이모를 제일 먼저 찾곤 하죠.

어쩌면 전생에 명원 이모와 할머니는 단짝 친구가 아니었을까요?

할머니의 여덟째는 할머니의 단짝 친구 같은 명원 이모랍니다!

할머니의 단짝 친구,

할머니의 해결사,

명원 이모가 태어났어요!

아홉째 막내 명애 이모의 탄생

말 바보의 시작, 할아버지의 사랑!

아홉 번째 막내 이모의 탄생 이야기에는 정말 아슬아슬한 상황이 있었답니다.

살림 밑천이라는 말을 들은 첫째 명오 이모와 외갓집의 행동대장이었던 둘째 명숙 이모는 할머니가 해녀 일을 하러 집을 비울 때마다 줄줄이 어린 동생들을 씻기고 먹이느라 많은 고생을 했죠.

명오 이모가 어릴 적 많이 아팠던 이유도 말 안 듣고 떼쓰는 동생들이 주는 스트레스 때문이었을 것 같아요.

깔끔이 명숙 이모는 집 안에 먼지 한 점 있는 것을 용납하지 않았어요. 오후 다섯 시가 되면 모든 동생이 걸레 하나씩 들고서 집 안 구석구석을 닦아야 했답니다. 똑바로 하지 않으면 명숙 이모의 강력한 한 방이 기다리고 있었던 거죠. 그래서 까불이 여왕인 우리 엄마는 자주 명숙 이모에게 혼이 나곤 했어요.

사춘기에 접어든 명오 이모와 명숙 이모는 줄줄이 딸린 동생들이 귀찮기도 했고 창피하기도 했답니다. 동네 사람들이 '딸 부잣집'이라고 놀리는 소리도 듣기 싫었죠.

그래서 두 분의 이모들은 할머니에게 강력하게 요구했답니다. 제발 더는 아이를 낳지 말아 달라고.

하지만 그때 벌써 할머니의 자궁 안에는 4개월이 된 막내 이모가 있었답니다. 할머니는 첫째와 둘째 이모에게 이번이 정말 마지막이라고, 이제 더는 아이를 낳지 않겠다고 굳은 맹세를 했어요.

조금만 늦게 생겼더라면 아마도 막내 이모는 세상의 빛을 보지 못할 수도 있었던 상황이었죠.

마흔두 살이라는 늦은 나이에 막내 이모를 가진 할머니도 걱정을 많이 했어요. 노산이라서 위험하다는 주위 어른들의 말씀을 듣고서 제발 건강하게만 태어나 달라고 많은 기도를 했답니다.

할머니의 기도와 함께 태어난 우리 막내 이모는 다행히 건강했답니다. 그리고 아홉 오누이 중에서도 가장 똘똘한 아이가 되었죠.

혼자서 걷기 시작했고, 혼자서 기저귀를 떼고, 혼자서 한글

읽기를 시작하는 등 동네 똘똘이들이 하는 행동은 모두 했다며 자랑스럽다는 듯이 할머니는 늘 말씀하시곤 했어요.

정말 믿기 어려운 이야기지요?

아무튼, 동그랗고 큰 눈에 곱슬머리를 한 명애 이모는 예쁜 인형 같은 모습으로 가족들과 동네 어른들의 귀여움을 독차지했답니다.

또래보다 말을 빨리 시작한 막내 이모는 그 옛날 텔레비전에 나오는 아역 배우만큼이나 예뻤어요. 노래는 또 얼마나 잘 부르는지, 깜찍하게 예뻤던 이모의 노래를 듣는 사람들은 모두 이모의 팬이 될 정도였죠.

할아버지는 명애 이모에게 푹 빠져 '우리 딸 공주, 우리 예쁜 딸 공주'라는 말을 하루에도 수십 번씩이나 했고, 시간이 날 때마다 아장아장 걷는 명애 이모의 작은 손을 잡고서는 자랑 삼아 동네 어귀를 돌기도 했죠.

'우리 막내딸이 이렇게 예쁘답니다!'라고 자랑하고 싶었나 봐요.

진짜 딸 바보의 시작은 우리 할아버지였던 거죠.

할머니의 아홉째는 할아버지를 딸 바보로 만든 명애 이모랍니다!

오연옥 여사님의 탄생

이렇게 할머니는 아홉 오누이의 엄마가 되었어요. 딸 여덟, 아들 하나의 엄마가 되었지요. 일찍이 엄마를 잃은 할머니는 엄마라는 소리를 해본 적이 없었답니다.

여기저기서 '엄마!'라고 불러대면 짜증이 나고 힘이 들 법도 한데 할머니는 '엄마!'라는 소리가 너무 좋고 질리지 않아 오히려 행복함을 느꼈죠.

그리고 여덟이나 되는 딸들을 보며 '일 공주, 이 공주, 삼 공주… 팔 공주'라고 부르는 할아버지의 다정한 목소리도 할머니에게는 너무 좋게 들렸답니다.

엄마라는 역할을 배우지 않았고 아빠라는 자리를 공부하지 않았지만, 할머니와 할아버지는 자신들이 할 수 있는 최선의 사랑으로 엄마와 아빠가 되어 주려고 노력했어요.

부모라는 커다란 나무 그늘이 되어 주셨죠.

때로는 아픈 아이가 있어 가슴이 철렁하고, 때로는 먹을 게 부족하여 가슴이 시리기도 했지만, 할머니와 할아버지는 다가오는 시련을 넘고 또 넘기며 아홉 오누이의 든든한 세상이 되어 주셨어요.

그리고 든든한 울타리가 되어 주셨답니다.

두 분의 노력 덕분인지 할머니의 아홉 오누이는 모두 건강하게 자라 어른이 되었답니다. 마음이 정의롭고 올곧게 자라 어려운 사람들을 외면하지 않는 진짜 어른다운 어른들이 되었어요.

아홉 오누이는 할머니처럼 아이들을 낳고, 그 아이들의 바람막이가 되면서 부모라는 자리가 얼마나 힘든 자리인지 알게 되었어요. 아홉 명이나 되는 아이를 낳고 키우는 일이 얼마나 힘든 일인지, 그리고 그 일은 아무나 할 수 있는 일이 아니라는 것을 알게 되었어요.

그래서 아홉 오누이는 오연옥 할머니의 위대함에 모두 고개를 숙인답니다. 그리고 자신들에게 최선을 다해준 할머니에게 아홉 오누이는 '오연옥 여사님'이라는 멋진 호칭도 붙여 드렸어요.

할머니는 '여사님'이라는 말이 맘에 드는지 빙그레 웃으세요.

이렇게 성산포에는 아홉 오누이가 탄생하게 되었고, '오연옥 여사님'도 탄생하게 되었답니다.

오연옥 여사님

성산포 한 귀퉁이에
엄지 할머니가 살고 계십니다
키가 작아서
몸이 왜소해서 붙여진 별명이랍니다

그 작은 몸에서
어떻게 아홉 오누이를 낳았는지
모두 의아해하지만
엄지 할머니는
딸 여덟, 아들 하나를 낳았답니다

힘들고 배고팠던 시절
아홉이라는 아이들을 낳은
엄지 할머니를 보고
동네 사람들은
대책 없이 살아가는 미련퉁이라고
수군댔답니다

주변의 수군거림과 비웃음에도
아랑곳하지 않고
엄지 할머니는
아홉 오누이의 아름다운 세상을 위해
행복이라는 그늘을 치고
사랑이라는 울타리를 만들어
아홉 오누이를
늘 한결같은 마음으로 키우셨어요

아홉 오누이를
늘 사랑하는 마음으로 키우셨어요

이제 모두가 장성하여
사람다운 어른들이 된
아홉 오누이가 마음을 모아
엄지 할머니에게
멋진 이름을 드립니다

우리들의 '오연옥 여사님'이라고.

아홉 오누이에게 자신의 삶을 온전히 내어주신 오인옥 할머니. 사랑으로 가득한 할머니의 뜨거운 가슴은 하루도 편히 쉬어 본 적이 없답니다. 늘 아홉 오누이를 향해 있었죠.
첫아이를 낳고 70년, '이제는 되었다!' 하며 할머니의 바쁜 걸음이 잠시 멈추었을 즈음, 할머니에게 절대로 오지 않기를 바랐던 치매라는 이상한 나라가 다가왔고, 할머니는 치매라는 이상한 나라의 포로가 되고 말았어요.
치매를 앓고 있는 92살의 할머니 곁에는 할머니를 안전하게 지키려는 아홉 명의 가디언즈가 있는데요. 아홉 개의 뜨거운 가슴이 모여, 그리고 사랑이 모여 할머니를 치매라는 이상한 나라에서 탈출시키려고 부단히 노력하고 있답니다.
요즘 성산포를 떠들썩하게 만들고 있는 우리 할머니와 아홉 명의 가디언즈 이야기를 들어보실래요?

가디언즈의 시작!

2005년 1월 3일 오전 11시 30분,

어느 추운 겨울 아침에 제가 태어났어요. 그리고 일흔여섯 살의 외할머니를 처음 만났어요.

10년 만에 어렵게 저를 가진 마흔 살의 우리 엄마는 제가 잘못될까 봐 걱정을 많이 하셨죠. 그럴 때마다 할머니는 말씀하셨어요.

"쓸데없는 걱정을 다 하네. 난 아홉을 낳아도 아무 일도 없더라."

네, 맞습니다.

우리 할머니는 성산포에서 아이를 가장 많이 낳으신, 무려 아홉이나 되는 아이들을 낳으신 그런 대단한 분이랍니다. 아이 아홉을 낳았다고 하면 모두들 우리 할머니를 큰 키에 꽤 덩치가 있을 것 같다고들 상상하시는데요. 사실 우리 할머니는 귀여울 만큼이나 키가 작고 왜소하신 분이세요.

할머니에 대한 첫 기억은 제가 다섯 살 때, 어린이집 재롱잔치에서의 일입니다. 반짝이는 트리가 아주 예뻤던 크리스마스이브에 저는 다섯 살, 장미반 친구들과 함께 율동을 하기 위해 무대 위로 올랐답니다.

유독 낯가림이 심하고 수줍음을 많이 탔던 저는 많은 사람이 지켜보는 가운데, 손가락 하나를 입에 물고는 눈물이 가득한 채 5분가량을 무대 위에서 꼼짝 않고 서 있었답니다.

여기저기서 제 친구들의 엄마, 아빠들이 친구들의 사진을 찍느라 카메라를 찰칵거리고, 장미반 친구들은 신나는 노래에 맞춰 율동을 하고 있는데, 저 혼자만 허수아비처럼 가만히 서 있었던 거죠. 눈물을 가득 담고 무대 아래로 내려온 저의 모습을 보고 엄마는 말씀하셨어요.

"너는 누굴 닮아서 이렇게 수줍음이 많니?"

엄마의 목소리에는 솔직히 짜증이 많이 섞여 있었답니다.

그때 할머니가 말씀하셨어요.

"아이고, 우리 강아지 고생했네. 그렇게 똑바로 서 있기도 힘들었을 텐데."

"많이 긴장했구나. 괜찮다. 다음에 더 잘하면 되지. 그렇지?"

할머니의 다정스러운 말씀을 듣고 저는 오랫동안 할머니 품에서 엉엉 울었답니다. 조금은 무섭기도 했고 조금은 부끄러웠던 저의 마음을 외할머니가 알아주셔서 안심이 되었던 것 같아요.

그때부터 할머니는 제 편이셨고 저의 가장 친한 친구가 되어 주었어요. 저에게 초콜릿을 주며 사귀자고 고백한 같은 반 친구 영훈이 이야기도 할머니가 가장 먼저 알게 되었고, 아침에 눈을 뜰 때부터 늦은 밤까지 저에게 쉬지 않고 잔소리를 퍼부어 대는 엄마의 흉도 할머니 앞에서는 편하게 볼 수 있었어요. 그럴 때마다 할머니의 지혜로운 칭찬과 위로는 늘 저에게 큰 힘이 되어 주었어요.

오랫동안 제 마음속 비밀 일기장에 할머니와 저만의 행복한 비밀들을 쌓아갔고 즐거운 나날을 함께 보내고 있었답니다. 커다랗고 푸르른 멋진 나무와 같은 할머니는 저의 가장 큰 바람막이가 되어 주셨고, 늘 든든한 친구가 되어 주셨어요.

그런데 언제나 건강하고 씩씩했던 외할머니가 조금씩 이상한 행동을 하기 시작했어요. 옷을 뒤집어 입거나, 양말을 짝짝이로 신거나, 멍하게 앉아 있거나, 그리고….

"너 누구니?"

"할머니 손녀, 이하정이잖아요."

"너 이름이 뭐니?"

"이하정이잖아요. 할머니가 제일 예뻐하셨잖아요!"

"너 처음 보는 것 같은데, 누구니?"

"아이참!"

할머니는 저를 잊어버린 듯 똑같은 질문을 하고, 또 묻기를 반복하셨답니다. 제 이름을 듣고서 생각이 난 듯 '아, 하정이구나!' 했다가도 금세 저를 몰라보시고는 다시 저에게 누군지 물어보시곤 하셨죠.

처음에는 할머니가 장난치는 줄 알았어요. 가끔 할머니는 저의 이름을 까먹은 것처럼, 그리고 저를 몰라보는 것처럼 행동하시면서 저를 놀라게 하곤 하셨거든요.

그런데 할머니의 눈을 자세히 들여다보니 무언가 다르다는 것을 알게 되었어요. 저를 바라볼 때마다 할머니의 눈에서 보였던 반짝이는 별들이 더는 보이지 않았거든요. 그리고 이제껏 보지 못했던 낯선 눈빛으로 할머니는 저를 바라보고 계셨어요.

제가 열네 살, 할머니가 아흔 살이 되었을 때 할머니는 치매라는 병을 진단받으셨답니다.

그리고 '이하정'이라는 저의 이름을 잊으셨어요.

"하정아!"

저를 부르는 할머니의 달콤한 목소리를 다시는 들을 수 없었답니다. 열네 살에 저는 가장 친한 친구를 잃어버린 아이가 되었고, 소중한 사람을 잃어버린다는 것이 얼마나 슬픈 일인지 처음으로 느끼게 되었죠. 할머니를 잃었다는 생각에 얼마나 많이 울었던지 그날의 충격은 말로 표현할 수가 없어요. 정말 슬펐어요.

“하정아, 할머니가 치매에 걸렸다고 해서 멀리 떠나는 건 아니니야. 항상 우리 곁에 계실 거니까 그만 울어. 하정이가 슬퍼하니까 할머니도 우시잖아.”

엄마의 말씀을 듣고 고개를 들어 할머니를 쳐다보니 눈물을 뚝뚝 흘리고 있는 저를 보며 할머니도 눈물을 흘리고 계셨어요. 저를 보며 울고 계신 할머니의 모습은 정말 슬퍼 보였어요. 그래서 저는 이제 더는 울지 않겠다고 다짐을 했죠. 할머니 앞에서는 항상 씩씩한 손녀가 되겠다고 결심도 했답니다.

할머니의 치매 증상이 심해지고 낮 동안에 혼자 할머니를 집에 둘 수 없는 상황이 되었어요. 집 밖으로 나간 할머니가 길을 잃어버리는 일이 일어났거든요. 할머니는 밥하는 법도 잊어버렸고, 화장실 사용하는 법도 잊어버리기 시작했어요.

어느 밤에는 집 밖으로 나간 할머니가 늦은 밤까지 돌아오지 않아 엄마와 이모들이 온 동네를 돌며 할머니를 찾기도 했어요. 엄마와 저는 할머니가 잘못되었을까 봐 울면서 할머니를 찾아다녔고, 얼마나 많이 울었는지 퉁퉁 부어서 눈 뜨기가 힘들 정도였죠.

다행히 할머니는 자주 물질을 가셨던 수마포 바닷가에 우두커니 앉아 있었고, 할머니의 얼굴을 알아본 동네 낚시꾼 아저씨가 할머니를 집으로 모시고 오셔서 우리 가족 모두는 한 숨을 돌릴 수 있었죠.

치매를 앓고 있는 할머니를 돌볼 사람이 필요하다는 것을 절실하게 느끼게 된 큰 사건이었죠. 하지만 아홉 명의 오누이는 모두 자신만의 일을 하고 있던 터라 누구 하나 할머니를 모실 수 있는 분이 없었죠.

그래서 외삼촌은 아홉 오누이의 긴급회의를 소집했답니다. 아들 하나, 딸 여덟, 며느리 하나, 그리고 사위 일곱이 모두 모이는 긴급회의를 할머니 댁 거실에서 늦은 밤 열게 되었어요.

개성이 강하고 모두가 다른 성향들을 가지고 있는 아홉 오누이의 긴급회의는 그리 순탄하지 않았답니다.

회의가 시작되자 의견이 서로 맞지 않아 큰 소리가 오고 갔고 이런저런 이야기들로 서로의 가슴을 후벼 파기도 했답니다.

모르는 사람들에게 할머니를 맡겨야 한다는 상황을 모두 불편해했고, 할머니에게 죄송한 마음이 들어 더욱더 회의는 길어졌어요.

자식을 아홉이나 둔 할머니가 낮에 돌봐줄 자식이 없어 낯선 곳으로 갔다 와야 한다고 생각한 엄마와 이모들은 울기도 했답니다. 바쁘게 돌아가는 세상을 탓하기에는 할머니에게 너무 죄송한 마음이 들었던 거죠.

하지만 언제나 그랬듯이 아홉 오누이는 한마음으로 결정

을 내렸어요.

지금 처한 상황에서 치매를 앓고 있는 할머니를 가장 잘 안전하게 보살필 방법을 생각해 내었죠.

하나. 할머니를 낮에만 주간보호센터로 보내어 전문가들의 도움을 받을 것

둘. 월요일부터 일요일까지 당번을 정하여 할머니의 저녁을 챙길 것

셋. 저녁 당번은 할머니의 청결 상태와 건강 상태를 살필 것

아홉 오누이는 할머니를 낮에만 주간보호센터라는 곳으로 보내어 전문가들의 도움을 받기로 했어요. 그리고 할머니가 집으로 돌아오시는 시간에 맞추어 요일마다 할머니의 일일 가디언즈, 즉 할머니의 일일 보호자를 정하여 할머니를 번갈아 가며 저녁마다 돌보기로 했답니다.

둘째 이모를 제외한 여덟 오누이 모두가 성산포에 함께 어울려 살고 있어서 그 어떤 집도 흉내 낼 수 없는 일을 하게 된 거죠.

딸 여덟 중 유일하게 고향을 떠나 서울에 사시는 둘째, 명숙 이모도 일 년에 10일씩 두 번 내려와 할머니를 모시기로 했답니다.

물론 명숙 이모가 내려오는 시기에는 엄마와 이모들 모두는 할머니의 가디언즈 역할에서 잠시 쉬는 휴가를 받기로 했어요.

외삼촌은요?

외숙모와 함께 할머니의 기나긴 밤 동무가 되기로 했답니다. 그리고 매일 아침 주간보호센터로 할머니를 보내기 위한 준비도 맡기로 했답니다.

그렇게 아홉 오누이의 역할 분담이 끝나고 기나긴 가디언즈의 여정이 시작되었습니다.

처음에는 할머니의 일일 가디언즈 역할을 잊어버려 지각하는 이모들도 있었고, 할머니의 귀가 시간을 헷갈려 늦게 마중을 나가는 일도 있었답니다. 그리고 갑작스러운 일로 바쁠 때면 가디언즈의 가족들이 대신 출동하여 어설프게 할머니를 돌보기도 했고요. 저 또한 우리 엄마를 대신해 할머니의 가디언즈 역할을 하곤 했어요.

수많은 시행착오 끝에 이제는 아홉 오누이 모두가 가디언즈 역할을 잘 수행하고 있답니다. 할머니의 일일 가디언즈 역할을 각기 다른 아홉 가지의 색처럼 자기만의 방식으로 척척 해내고 있어요.

할머니는 늘 큰소리로 물으세요.

"오늘은 누가 당번이냐?"

우리 할머니는 치매라는 이상한 나라에 갇혀 있어도 할머니를 구해 줄 가디언즈가 있다는 것을 또렷이 기억하고 있나 봐요.

할머니의 빛, 가디언즈

요일	월	화	수	목	금	토	일
가디언즈	명오	영희	명애	명자	명옥	명실	명원
하는 일	게스트 하우스 운영	국수 가게 사장님	빵집 사장님	어린이집 원장님	요양 보호사	선생님	어린이집 선생님
특징	신식 할머니	팔방 미인	도시 여자	순둥이	책 읽는 여자	까불이	꼼꼼이

가디언즈의 여정이 시작되었습니다!

월요일의 가디언즈

거인 부부!

월요일은 살림 밑천이라는 말을 듣는 첫째, 명오 이모가 할머니를 돌보는 날입니다. 명오 이모는 결혼하고 40년 넘는 오랜 세월 동안 성산포를 떠나 부산이라는 곳에서 살다 큰 이모부의 퇴직과 함께 고향으로 돌아오셨어요.

할머니 댁 바로 앞집을 사서 예쁘게 꾸미고는 소일거리로 게스트하우스를 운영하고 계십니다. 손님이 있든지 없든지 걱정을 하지 않는 큰 이모부와 큰 이모, 두 분의 장점은 한없이 긍정적인 마음을 가지고 있다는 것입니다.

큰 이모부는 "긍정의 힘이 최고야!"라는 말을 자주 하십니다.

월요일 오후 5시 25분.

어김없이 큰 이모부는 할머니 집 길목 어귀에서 할머니가 타고 오시는 '주간보호센터' 차를 기다립니다. 차에서 내리시는 할머니의 손을 잡고서 다정하게 말씀하시죠.

"오연옥 여사님, 잘 다녀오셨습니까?"

할머니는 기억이 맑은 날에는 "우리 큰 사위구나!"라며 반기시고, 기억이 흐린 날에는 처음 보는 사람처럼 큰 이모부를 낯설어하시며 큰 이모부의 잡은 손을 떼어내려고 하세요.

아름다운 섬, 우도에서 태어난 큰 이모부를 두고서 할머니는 늘 말씀하셨어요.

"우도 사내들은 말이 없고 무뚝뚝한데, 우리 큰 사위는 싹싹하니 말도 잘하고 붙임성이 좋아서 좋아."

할머니의 말씀처럼 큰 이모부는 누구에게나 친절한 우도 사나이랍니다. 이모부의 친절함은 모든 사람에게 미소를 짓게 하곤 해요. 그리고 큰 이모부는 키가 작아 '꼬마 이모부'라는 별명을 가지고 있답니다. 하지만 저는 큰 이모부가 할머니를 대하는 모습을 보며 절대로 '꼬마 이모부'라는 별명에 동의할 수 없답니다. 왜냐면 큰 이모부는 누구보다도 잘 자란 거인의 마음처럼 넓고 깊은 마음으로 할머니를 대하기 때문이죠.

치매로 방금 하신 말씀을 기억하지 못하시는 할머니는 하루에도 수십 번이나 똑같은 물음을 하십니다.

"너 누구냐?"

"여기는 어디지?"

"누군데 우리 집에 있냐?"

할머니의 똑같은 말씀이 수십 번 반복되고 반복될 때마다 짜증이 날 법도 한데 큰 이모부는 할머니의 물음에 대답하고 또 대답한답니다.

큰 이모부도 사람인지라 가끔은 인내심이 바닥이 나서 할머니에게 소리를 버럭 지르기도 하지만 금세 또 할머니의 말씀에 맞장구를 쳐 주며 할머니와 끊임없는 대화를 이어 가신답니다. 어떤 이야기에는 대답하지 않고 못 들은 척할 수도 있지만 큰 이모부에게는 '패스'라는 법칙은 없답니다.

엄마는 말씀하십니다. 치매를 앓고 있는 다른 할머니들에 비해 우리 할머니는 말씀을 잘하시는 편이라고, 할머니가 가끔은 기억을 짧게라도 되찾는 것은 매우 희망적인 일이라고, 할머니의 치매 증세가 아주 천천히 진행되고 있고 여전히 말씀을 잘하시는 건 큰 이모부의 끝없는 대화법 때문이라고.

할머니와의 대화를 좋아하고 할머니에게 이야기를 걸어주고, 대답해주고, 그런 큰 이모부가 할머니의 곁에 계셔서 말하기를 잊지 않으시는 것 같다고 하세요.

치매라는 이상한 나라에 들어선 할머니는 조금 전에 있었던 일도 잊곤 하십니다. 할머니를 마중 나간 큰 이모부의 손을 잡고 집으로 돌아오셨는데도 아무도 마중을 나오지 않았다며 화를 내시거나 들고 있던 지팡이를 던지기도 하십니다.

그리고 간식을 금방 드셨는데도 "먹을 것을 하나도 주지 않는 못된 자식들이야!"라며 심한 욕을 하시곤 합니다. 이럴 때마다 큰 이모부는 '허허허' 웃으시며 "죄송합니다!"라는 말로 할머니를 안심시키려고 노력하시죠. 그리고는 저에게 말씀하십니다.

"치매 때문에 할머니 기억력이 나빠져서 하는 행동이니 우리가 이해하고 도와드려야 한다."

정말이지 우리 큰 이모부의 마음은 그 누구도 따라 하지 못할 만큼이나 깊고 넓은 것 같아요. 그런 큰 이모부가 할머니 곁에 계셔서 정말 안심이 됩니다.

어느 월요일 오후에는 명오 이모가 할머니 마중을 나갔어요. 차에서 내린 할머니의 손을 잡고서 할머니 댁으로 들어서려는데, 할머니 댁 바로 앞에 있는 명오 이모의 집을 가리키며 물으시더래요.

"이 집은 명오네 집이냐?"

"네. 명오네 집이 맞아요."

"못된 것, 바로 코앞에서 살면서 한 번도 어미 보러 오지 않는 아주 못된 딸이야."

매일 아침저녁으로 할머니와 마주 앉아 이야기 동무가 되어 주는 명오 이모를 바로 눈앞에 두고서도 알아보지 못하는 할머니가 안타까워 이모는 정말 슬펐다고 해요.

지난가을 어느 날, 주간보호센터에서는 할머니들을 위한

생일잔치가 열렸습니다. 아홉 오누이 중 유일하게 시간이 된 큰 이모부와 큰 이모가 가족 대표로 참석하게 되었죠.

스무 명가량의 할머니들 앞에 서서 일흔 살이 된 큰 이모부와 큰 이모는 '어버이 은혜'라는 노래를 불렀어요. 할머니는 그 모습이 너무 자랑스러웠는지 한 장의 사진처럼 그 장면을 머릿속에 쏘-옥 집어넣고는 집으로 돌아오셔서 큰 목소리로 자랑을 하셨어요.

"아무도 안 왔는데 우리 큰 사위가 와서 노래를 불렀어. 잘난 척하는 서울 여편네도 내가 부러웠을 거야!"

아마도 그날은 할머니 최고의 날이었던 것 같아요. 그리고 매일 서울 할머니와의 기 싸움에서 밀렸던 할머니는 통쾌한 한 방을 서울 할머니에게 날려 준 듯하여 더욱더 신나 보였죠.

할머니처럼 할머니가 되어버린 큰 이모, 일흔 살이 되어 가고 있는 명오 이모는 또 한 명의 할머니가 되었답니다. 명오 이모 또한 누군가의 도움과 보살핌이 필요한 할머니가 되었지요. 하지만 큰 이모는 할머니를 보살피는 일에 항상 앞장서고 있어요.

"어머니, 콩물부터 드시고 아침 시작하세요."

365일, 매일 아침마다 명오 이모는 할머니를 위해 검은콩을 갈아 대령합니다. 명오 이모 덕분에 할머니는 아침마다 콩물을 먹고서 하루를 시작하신답니다. 가끔은 맛이 없다며 할머니는 안 드시겠다고 고집을 부리기도 하지만 큰 이모는 할머니의 건강을 위해서 한 방울도 남기지 않고 드시도록 하세요.

명오 이모의 검은 콩물 때문인지 하얗던 할머니의 머리카락이 거뭇거뭇하게 검은색으로 변하고 있는 것처럼 보이는 것은 저만의 착각일까요?

물론 아침마다 드시는 콩물 때문인지 할머니는 몸도 튼튼하십니다.

어릴 때 명오 이모는 매우 총명했다고 해요. 그리고 공부하는 것을 좋아했대요. 특히 제가 어려워하는 수학을 매우 잘해서 수학박사라는 별명도 있었대요.

수학을 좋아해서 선생님이 되고 싶었던 명오 이모는 중학교를 졸업하고 고등학교에 진학하고 싶었으나 어려운 가정형편과 할머니의 반대에 부딪혀 공부를 포기해야만 했어요. 꿈많았던 어린 소녀는 자신의 꿈을 포기하고 올망졸망한 어린 동생들을 돌보며 집안일을 거들어야 했어요.

명오 이모는 공부를 포기해야만 했던 그 상황들이 한으로 맺혔는지 가끔은 할머니를 원망하는 소리를 하곤 해요. 그럴 때면 아무도 못 말리는 할머니와 명오 이모의 '성산포 대전'이 시작돼요.

기억이 없는 할머니는 지팡이를 '탁탁' 치며 명오 이모에게 내가 언제 그랬냐며 화를 내고, 이제껏 들어 보지 못했던 할머니의 찰지고 거침없는 욕을 한 바가지나 먹은 명오 이모도 목소리를 높이며 절대 물러서질 않아요. 그 옛날 코스모스 같았던 모습은 찾아볼 수가 없답니다.

매번 할머니와 명오 이모의 '성산포 대전'은 무승부로 끝이 나지만 싸움 뒤에는 항상 언제 싸웠냐는 듯, 아무런 일도 없었다는 듯, 아흔두 살의 할머니와 일흔 살의 이모는 다시 또 옛날이야기들을 꺼내 들며 '그땐 이랬지, 그땐 저랬지.'라며 많은 이야기를 이어간답니다.

가끔은 할머니와 명오 이모의 파이팅 넘치시는 모습을 보고서 명오 이모의 딸 같은 아들, 억진 오빠는 명오 이모를 놀리는 소리를 하기도 해요.

"엄마, 힘이 없다는 거, 다 거짓말이죠? 할머니랑 다투실 때는 힘이 넘치던데요?"

그리고 억진 오빠는 애교 섞인 목소리로 아주 현명한 대답을 내놓습니다.

"할머니한테 좀 져 드리는 게 어때요. 할머니처럼 엄마가 늙게 되면 저도 무조건 엄마에게 져 드릴게요. 그러니 앞으로는 할머니를 이기려고 하지 마세요."

정말 현명하고 착한 오빠랍니다. 이제 예쁜 언니를 만나서 결혼만 하게 된다면 우리 억진 오빠는 정말 완벽한 성산포 사나이가 될 것 같아요.

총명했던 명오 이모를 공부시키지 못했던 그 상황은 아마 할머니에게도 잊히지 않는 한으로 남아 있을 것 같아요. 공부하겠다고 용을 쓰는 맏딸의 앞길을 막은 듯하여 할머니의 가슴 한편에도 시커먼 멍이 커다랗게 새겨져 있겠죠?

오랫동안 명오 이모의 마음을 모르는 척하면서도 할머니는 마음속으로 늘 생각했을 거랍니다.

'맹오야, 정말 미안하구나!'라고.

월요일 오후.

할머니는 세상에서 가장 시끄러운 큰 이모와 큰 이모부 사이에 앉아 두 분이 들려주는 세상 이야기를 들으며 멀리 떠나보냈던 기억 하나를 다시금 가져올 거예요.

할머니의 가디언즈인 우리 큰 이모와 큰 이모부, 두 분에게서 보이는 마음의 크기는 하늘만큼, 땅만큼 크고 커서 '거인 부부'라고 이름하고 싶어요!

화요일의 가디언즈

팔방미인 영희 이모!

화요일에 할머니의 가디언즈는 할머니에게는 넷째, 저에게는 셋째 이모인 영희 이모랍니다.

영희 이모는 이모 중에서 가장 활발하고 가장 많은 특기와 장점이 있답니다. 이런 분을 팔방미인이라고 하나요?

동네 풍물놀이에서 꽹과리를 치는 이모, 리듬을 타며 난다치는 이모, 여성합창단에서 소프라노 파트를 맡는 이모, 그리고 트로트를 맛나게 불러 동네 노래 대회에서 우승한 이모….

그중에서도 영희 이모의 특기를 꼽자면 '고기국수'를 맛있게 만든다는 거죠. 이모의 고기국수 맛은 제주도 1등이라고 말할 수 있어요.

영희 이모는 성산포에서 고기국수 집을 운영하고 있답니다. 정신없이 손님을 맞이하다가도 시간을 짬짬이 내어 할머니의 간식거리를 만든답니다.

이가 빠져 틀니를 끼고 계신 할머니가 최근에는 틀니도 끼지 않겠다고 고집을 부리셔서 엄마와 이모들이 모두 고민을 하고 있는데, 이모는 시간이 날 때마다 할머니가 드실 수 있는 부드러운 음식을 만들곤 한답니다.

계란찜, 전복죽, 닭죽, 팥죽….

할머니가 가장 좋아하는 음식들이 영희 이모의 손에서 만들어지고 있는 거죠.

화요일.

할머니의 가디언즈인 영희 이모는 차에서 내리는 할머니를 보고서는 "여사님, 다녀오셨어요!"라며 일단 애교를 부리고 나서 누군지 몰라보는 할머니를 살짝 달래죠. 그리고는 할머니의 얼굴에 마구 뽀뽀를 해대면서 "아이고, 우리 어머니 예쁘네!"라는 할머니가 좋아하는 말들을 건넨답니다.

할머니는 영희 이모의 애교 섞인 기분 좋은 소리를 듣고서는 주간보호센터에서 서울말을 쓰며 잘난 척하시는 서울 할머니와의 잦은 다툼도 잊곤 하시죠.

할머니를 집으로 모시고 와서는 할머니가 좋아하는 트로트를 흥얼거리며 할머니의 저녁을 챙기거나 할머니를 씻겨드리거나 화장실을 닦는 일을 순식간에 한답니다. 손이 매우 빠르고 일사불란하게 움직이는 이모의 모습을 보고서 우리 가족 모두는 '대단하다!'라는 생각을 하게 돼요.

모든 일을 끝내고 할머니의 끝없는 질문에 대답하다 지칠 때쯤, 영희 이모는 자신의 필살기인 트로드를 부르기 시작한답니다.

누군가의 앞에서 노래를 부르는 건 참으로 어려운 일일 텐데 영희 이모의 노랫가락은 장소, 시간을 가리지 않고 흘러나오곤 하죠. 할머니의 반복되는 질문을 끊으려고 시작한 트로트는 할머니의 되돌이표 질문처럼 반복된답니다. 특히 '안동역에서'라는 노래를 부를 때의 영희 이모는 '트로트 여왕'처럼 보인답니다.

영희 이모가 노래를 부르면 할머니는 "정말 노래 잘 부르네!"라며 따라 부르며 손뼉을 치기도 해요. 가끔은 이유 없이 화가 난 할머니가 "시끄러워, 듣기 싫어!"라고 소리를 치기도 하지만 영희 이모는 절대 기죽지 않고 또 다른 노래를 이어 간답니다.

할머니가 좋아하셨던 트로트를 열심히 불러주는 영희 이모의 노래는 아마도 기억을 잃고 방황하는 할머니를 조금이라도 붙잡으려는 마음에서 시작된 것 같아요.

그리고 할머니가 기억을 모두 잃고 멀리 떠나지 않도록, 지금처럼 곁에 있어 주기를 바라는 마음으로 할머니가 좋아하는 노래들을 부르며 떠나지 말라고, 절대 떠나지 말라고 할머니에게 부탁하는 것 같아요.

'영희'라는 이름을 할머니는 오래전에 잊어버렸어요. 속이 상할 텐데도 우리 영희 이모는 교과서에 나오는 모범생 '영희'처럼 그 누구보다도 모범적인 딸이 되어 할머니에게 남아 있는 기억의 끈을 붙잡아 주려고 노력하는 것 같아요.

외갓집의 최고 요리사 영희 이모,

트로트를 맛나게 부르는 영희 이모,

화요일에 할머니는 영희 이모의 노래를 자장가 삼아 꿈나라로 가시겠죠?

영희 이모가 바빠 할머니를 돌보지 못하는 날에는 셋째 이모부가 아주 어설프게 할머니를 돌본답니다. 셋째 이모부는 취미활동으로 사교댄스를 배우러 다니는데, 시간이 날 때마다 아주 열심히 연습하십니다.

심지어 할머니 앞에서도 이모부는 박자를 세어가며 연습을 하시곤 하시죠. 그런데 아직도 제 눈에는 몸치처럼 보이는 것은 무슨 까닭일까요?

BTS 오빠들처럼 멋지게 춤을 추려면 이모부가 가야 할 길은 아직도 멀고 먼 것 같아요.

수요일의 가디언즈

새침데기 도시 여자, 명애 이모!

수요일은 할아버지를 딸 바보로 만든 막내 이모가 할머니와 함께하는 날입니다.

원래 막내딸은 애교가 넘치지 않나요?

제 친구 가영이만 봐도 막내라서 그런지 우리 학교에서 제일가는 애교쟁이거든요. 그런데 우리 막내 이모는 애교라고는 조금도 없답니다. 오히려 이모 중에서 가장 무뚝뚝하죠. 그 무뚝뚝함은 쌀쌀함으로 변해 할머니에게 그대로 전해진답니다.

치매라는 이상한 나라의 포로가 된 할머니도 명애 이모의 쌀쌀함을 느끼시는지 명애 이모 앞에서는 화를 내거나 소리를 지르는 법이 절대 없답니다. 그리고 명애 이모가 말하는 대로 할머니는 순한 양이 되어 따라 하시죠.

다른 딸들에게 보여주는 심한 욕이나 공격적인 행동을 명애 이모 앞에서는 조금도 보이시지 않아 외갓집 가족 모두는 의아해하곤 하죠. 마냥 예쁘기만 했던 막내라서 할머닌 아직도 쌀쌀맞은 명애 이모를 사랑하시나 봐요.

저 또한 막내 이모가 일에 몰두하고 있을 때는 이모의 카리스마에 눌려 아무 말도 못 하고 이모가 운영하는 빵집에서 슬그머니 발을 빼기도 한답니다.

막내 이모의 카리스마를 사라지게 할 수 있는 사람은 지구상에 딱 두 사람이 있답니다. 해양경찰인 잘생긴 막내 이모부가 빵집에 나타나면 이모는 항상 입가에 웃음을 띠고 있어요. 그리고 이제 막 네 살이 된 이모의 손녀 다온이가 빵집에 들어서는 순간, 이모는 그 누구도 상상할 수 없는 환한 미소를 짓는답니다.

할머니 댁 2층에서 빵집을 운영하시고 계시는 막내 이모는 일이 바쁠 때면 할머니를 2층 가게에 앉혀 놓고서는 바쁘게 일을 하시죠.

막내 이모가 일하는 동안에 할머니는 따뜻한 우유 한 잔과 부드러운 카스텔라를 쏘-옥 입에 넣으며 멀리 보이는 성산일출봉을 신기하다는 듯 가만히 바라봅니다.

그 멋진 산이 성산일출봉이라는 것도 잊으신 거죠. 그리고 할머니가 재미있게 들려주셨던 전설의 아흔아홉 개 봉우리 이야기도 할머니는 잊어버린 것 같아요.

할머니는 성산일출봉에 아흔아홉 개의 봉우리가 있는데 한 개가 더 생겨서 봉우리가 백 개가 된다면 무서운 괴물들이 나온다는 전설 이야기를 저에게 자주 해 주셨답니다. 할머니가 이 이야기를 해주실 때마다 저는 마음속으로 '어떤 괴물들이 나오게 될까?'라는 기대도 살짝 했었죠. 그리고 '공유처럼 멋진 도깨비 신이 나와도 좋겠다!'라는 생각도 했었죠.

어느 이른 겨울날, 빵집 한 귀퉁이에 멀뚱히 앉아 있는 할머니의 모습을 본 저는 엄마에게 명애 이모의 험담을 했답니다.

"다른 집 막내딸은 애교가 많다고 하는데 명애 이모는 왜 저렇게 할머니에게 정 없이 굴어요?"

"할머니를 앉혀만 놓고 말 한마디 하지 않고 일만 하고 무슨 막내딸이 저래요."

할머니가 쓸쓸해 보였던 저는 엄마에게 명애 이모의 쌀쌀함에 대해 실컷 퍼부어 댔답니다. 엄마는 말씀하셨죠.

"보이는 것이 전부는 아닌 거야."

그리고는 며칠 전에 있었던 일을 말씀하셨어요.

엄마가 할머니와 함께 시간을 보내는 어느 토요일 오후, 할머니 댁에 도착한 엄마는 할머니가 늘 앉고, 눕고, 기대는 소파에 앉으셨대요. 소파 앞에는 긴 탁자가 하나 있는데 탁자 위에는 크레파스가 쌓여 있고, 그 옆에는 크레파스로 칠해진 나무, 꽃, 토끼, 나비 그림들이 펼쳐져 있더래요.

'이게 뭐지?'라고 궁금하던 중, 때마침 할머니 간식거리인 빵을 가지고 내려온 명애 이모를 만났대요.

"이 그림들 뭐니?"

"응, 그거. 어머니 치매 예방에 좋다고 해서 내가 가지고 왔어. 선을 따라 그리면서 색칠하는 활동이 어머니 손 운동도 되고, 치매가 더 심해지는 것을 막아 준대."

그리고 명애 이모는 말을 이어갔어요.

"어머니가 어제 나랑 같이 색칠한 그림인데, 내가 버리려고 하니까 어머니가 그냥 놔두라고 하셨어. 언니들한테 자랑하고 싶으신가 봐!"

엄마도 조금은 놀랐대요. 유난히 할머니에게 쌀쌀맞고 새침데기인 명애 이모가 늘 똑똑한 척하는 엄마도 생각하지 못한 예쁜 짓을 하니 뒤통수를 크게 한 대 맞은 느낌이었대요.

엄마의 말씀을 듣고 저는 깜짝 놀랐고 엄마의 말씀처럼 '보이는 것이 전부는 아니다.'라는 것을 새삼 느끼게 되었답니다. 쌀쌀하고 인정 없어 보이지만 실제로는 아주 따뜻한 분이 우리 명애 이모였던 거죠.

생각해보면 제가 초등학교 때 학부모 공개 수업일, 운동회, 학예 발표회 때마다 바쁜 엄마를 대신해 학교에 오셔서 저의 기를 살려 주셨던 분도 막내 이모였어요. 그런 따뜻한 막내

어머니가 어제

나랑 같이 색칠한 그림인데,

내가 버리려고 하니까

어머니가 그냥 놔두라고 하셨어.

언니들한테 자랑하고 싶으신가 봐!

이모를 제가 잊고 있었네요.

막내 이모를 보면서 저는 알게 되었어요. 사람마다 사랑을 표현하는 방법은 다를 수 있다는 것을, 그리고 그 다양한 사랑의 표현법을 존중해야 한다는 것도 알게 되었죠.

쌀쌀하면서 도시 여자 같은 막내 이모도 이모의 방식으로 할머니에게 끝없는 사랑을 주고 있었던 거죠.

어쩌면 지금도 할머니는 새침데기 도시 여자 같은 막내 이모가 굽는 맛있는 빵 냄새를 솔솔 맡으며 입맛을 다시고 있지 않을까요?

목요일의 가디언즈

하나님의 절친, 명자 이모!

엄마와 이모들의 어릴 적 이야기를 듣다 보면, 명자 이모가 가장 마음이 여리고 착하다는 것을 느낄 수 있답니다. 이모들끼리 크게 다투었을 때도 먼저 찾아가 사과를 하는 사람은 늘 명자 이모였어요.

그래서 저는 할머니의 여덟 딸 중에서 명자 이모가 가장 순하고 마음이 약한 이모라고 생각하게 되었죠.

오랫동안 교회를 다녀 하나님의 절친이 된 명자 이모는 동네 어린이집 원장님을 하고 계세요. 어린이집에서 아이들과 함께 생활하셔서 그런지 '그랬어요? 그랬구나!'라는 말이 입에 붙어 있답니다.

누구와 이야기를 하든지 명자 이모는 어린이집 아이들과 대화를 하듯 천천히, 또박또박하게, 그리고 친절하게 웃으며 말하는 아주 다정한 이모입니다.

목요일.

할머니와 함께하는 명자 이모는 할머니를 어린이집 아이 대하듯 '조곤조곤, 속닥속닥'을 되풀이한답니다. 할머니가 화를 낼 것 같으면 작은 목소리로 할머니의 귀에 대고 할머니가 좋아할 만한 칭찬의 말을 속닥이죠. 할머니가 고집을 부릴 때면 또 작은 목소리로 조곤조곤 설명의 말을 이어가 할머니의 고집을 부드럽게 꺾곤 합니다.

치매를 앓기 전에 할머니는 정말 다정하고 친절한 분이셨어요. 그런데 치매라는 나라의 포로가 되면서 할머니는 전에 없던 고집이 생기기 시작하셨고, 할머니가 하려는 위험한 행동을 하지 못하게 하면 화를 심하게 내면서 가끔은 아주 심한 욕도 하십니다.

할머니의 눈빛이 흐려져 치매 증상이 심할 때는 침을 '퉤퉤' 뱉기도 하세요. 이런 할머니를 달래고 진정시키고 설득하는 일은 명자 이모가 최고인 것 같아요. 그래서 저는 명자 이모를 '설득 왕'이라고 이름하고 싶어요.

비가 세차게 내리는 어느 목요일, 집 밖으로 나가겠다고 심하게 고집을 부리는 할머니. 명자 이모는 할머니와 눈을 맞추고 조용한 목소리로 또박또박하게 그리고 천천히 설득하기 시작합니다.

"어머니, 비가 많이 와서 집 밖으로 나가면 감기에 걸릴 수 있어요."

"그리고 길이 미끄러워 넘어질 수도 있어요. 그러면 크게 다치겠죠? 비가 멈추면 그때 저랑 같이 밖에 나가요."

현관문을 열고 밖으로 나가겠다며 고집을 부리던 할머니가 잠시 머뭇거리더니 "그래?"라고 말씀하시면서 밖으로 나가려는 행동을 멈추셨어요. 설득 왕, 명자 이모의 매직이 통한 거죠.

하루에도 몇 번씩이나 기분이 오르락내리락 왔다 갔다 하는 할머니의 안정을 위해서는 명자 이모가 정말 필요한 것 같아요.

아이들을 좋아하는 명자 이모의 손길을 할머니는 조금 다르게 느끼시는 것 같아요. 할머니의 볼을 쓰담쓰담해주는 명자 이모의 손길이 좋아 지그시 눈을 감으시고, 할머니의 어깨를 토닥토닥 두드리는 명자 이모의 손길이 좋아 입가에 미소를 짓곤 합니다.

명자 이모는 어린이집에서 있었던 재미있는 이야기를 할머니에게 들려주곤 합니다. 고집쟁이 영준이가 김치가 먹기 싫어 바지 주머니에 몰래 숨긴 이야기, 씩씩한 석범이가 허리에 손을 올린 채 눈을 동그랗게 뜨고서는 명자 이모랑 결혼하겠다고 우긴 이야기 등 천진난만한 어린이집 아이들의 행동

볼을 쓰담쓰담해주는

명자 이모의 손길이 좋아

지그시 눈을 감으시고,

어깨를 토닥토닥 두드리는

명자 이모의 손길이 좋아

할머니는 미소를 짓곤 합니다.

들을 할머니에게 동화책을 읽어 주듯이 들려줍니다.

특히 사랑이 넘치는 샛별이가 명자 이모에게 가까이 오라고 손짓을 하더니 “원장님, 여기에 누워. 내가 기저귀 갈아줄게!”라고 귓속말로 속삭였다는 이야기를 들었을 때는 할머닌 정말 웃음이 ‘펑’ 하고 터져 천장이 울릴 정도로 큰 소리를 내며 웃으셨어요.

치매라는 나라에서 잠시 탈출한 할머니는 명자 이모가 들려주는 동화 같은 이야기에 취해 정말 즐거워하셨답니다.

할머니 댁 거실에 난 커다란 창으로 햇살이 가득 들어온 어느 맑은 날, 명자 이모의 무릎을 베고 아기처럼 ‘쌔근쌔근’ 잠이 든 할머니를 보며 저도 모르게 ‘정말 아름답다!’라는 생각을 하게 되었어요. 할머니의 어깨를 토닥거리며 자장가를 불러주는 명자 이모는 정말 하나님의 절친, 그 자체였어요.

목요일.

어린이집 일로 바쁜 명자 이모를 대신하여 할머니 마중을 나가거나 할머니 저녁을 챙기는 일을 넷째 이모부가 종종 하기도 하죠. 동네에서 착한 남자로 소문이 난 이모부는 사회복지사로 일하고 계십니다. 할머니가 물어보는 말에 조용히 천천히 대답하고, 모든 질문이 끝날 때까지 자리를 뜨지 않고 눈을 맞추는 정성을 보인답니다.

어느 날에는 주간보호센터에서 만난 시흥 할머니와 크게 다툰 할머니가 집에 가겠다고 심하게 고집을 부리셔서 넷째 이모부가 주간보호센터로 급하게 출동하는 일이 있었답니다.

사위를 보자마자 아무런 일도 없었다는 듯 씩- 웃어대는 할머니를 보고는 "싸우지 말고 잘 놀다가 오세요!"라고 다독거리고는 뒤돌아서는데 이모부는 유치원에 아이를 맡긴 아빠처럼 마음이 짠해지고 '그냥 모시고 와버릴까?'라는 망설임도 들더래요.

그 후로 이모부는 시간이 될 때마다 할머니와 영상통화를 하며 할머니를 안심시켜 드리려고 노력하는 대단한 이모부입니다.

명자 이모와 넷째 이모부가 바쁜 날에는 명자 이모의 아들인 신국, 신정이 오빠가 할머니 댁으로 긴급 출동을 합니다.

성악을 전공하는 신국 오빠는 우리 가족의 결혼식이 있을 때마다 멋진 축가를 불러주는 재미있는 오빠입니다. 가끔은 할머니를 위해 노래를 불러주는데 신국 오빠가 '얼굴'이라는 노래를 조용히 불러줄 때면 할머니는 하늘나라로 먼저 가신 할아버지가 생각이 났는지 두 눈에 눈물이 가득해집니다.

또 어떤 때는 할머니를 즐겁게 해 드리려고 매우 신나는 트로트인 '땡벌'이라는 노래를 부르기도 하는데, 그럴 때면 오르락내리락하는 신국 오빠의 커다란 배를 보고 할머니는 빙그레 웃으시며 말씀하신답니다.

"뚱땡이가 노래 하나는 기차게 하네!"

저를 만날 때마다 저의 태명인 '봉순이'라는 이름을 가지고 놀려대는 짓궂은 신정이 오빠도 할머니를 돌보는 순간에는 좀처럼 볼 수 없는 다정함을 보인답니다. 할머니가 물어보는 엉뚱한 말에도 끝까지 대답해주는 아주 착한 손자의 모습을 보이죠.

어느 날에는 할머니의 손을 다정하게 쓰다듬어주며 지압을 열심히 하고 있는 잘생긴 신정이 오빠를 보며 제가 물었어요.

"오빠는 왜 여자친구가 없어요?"

"너무 잘생겨서?"

오빠는 장난스럽게 대답했지만, 저는 할머니에게 정말 다정하게 대하는 신정 오빠에게 좋은 여자친구가 생겼으면 좋겠어요.

목요일.

할머니는 딸을 만났다가 사위를 만났다가 손자들을 만나며 가장 정신없는 하루를 보내고는 그 기억들을 잊어버리겠지만 할머니와 함께한 소중한 시간은 오빠들의 기억 속에 오래도록 남아 영원히 빛나겠죠?

금요일의 가디언즈

윤동주 시인을 사랑한 명옥 이모

책 읽기를 좋아하고 글쓰기를 좋아하는 명옥 이모는 어릴 적부터 윤동주 시인을 많이 좋아했답니다. 교과서에 실린 윤동주 시인의 사진을 오려 책갈피에 꽂고 다닐 정도였다고 하네요.

엄마는 말씀하셨어요. 명옥 이모의 첫사랑은 윤동주 시인이라고.

금요일에는 윤동주 시인을 사랑한 명옥 이모가 할머니와 함께 저녁을 보내는 날이랍니다.

명옥 이모가 할머니 댁에 올 때는 이모의 짝꿍인 이모부가 항상 함께 오시죠. 이모부는 막내 이모와 함께 빵집을 운영하고 있답니다.

치매를 앓기 전에 할머니는 다섯 번째 이모부를 보고 '안동 권씨'라서 점잖다고 칭찬의 말씀을 자주 하셨어요.

이모와 이모부는 24시간 항상 같이 있으면서도 무슨 할 얘기가 그렇게 많은지 두 분만 아는 비밀 이야기를 시도 때도 없이 소곤대곤 하세요.

우리 아빠에게는 이모부에게만 있는 특별한 다정함이 하나도 없다고 엄마는 자주 투덜대요. 펜션을 운영하시는 무뚝뚝한 아빠가 부드러운 말씨에 좋은 인상을 갖춘 이모부의 모습을 닮아가야 한다고 해요.

알뜰살뜰하게 명옥 이모를 챙기시는 이모부 때문에 엄마에게 잔소리를 자주 듣는 우리 아빠, 엄마의 끝없는 잔소리에도 '허허허' 하고 웃고 마는 우리 아빠, 그래도 전 우리 아빠가 이 세상에서 제일 좋답니다.

명옥 이모와 다섯 번째 이모부, 신혼을 넘긴 지도 한참 되었는데 늘, 항상, 처음처럼 다정한 모습을 하시는 두 분을 보면 '어쩜 저렇게 다정하실까?'라는 생각이 든답니다. 얼굴도 닮고 성격도 닮고 말하는 법도 닮은 두 분은 천생연분이신 것 같아요.

할머니는 치매가 온 후 자주 옷에 실수하셔서 기저귀를 사용하고 있어요. 엄마는 할머니의 기저귀를 갈아 드리는 일이 가장 힘들다고 해요. 할머니가 기저귀를 갈지 않겠다고 고집을 부리고 화를 내면 설득할 수가 없다고 하세요.

하지만 명옥 이모는 요양보호사로 일하고 계셔서 그런지 할머니의 몸을 닦아 주거나 기저귀를 갈아주는 일에도 할머니가 요만큼의 불편함을 느끼지 않도록 깔끔하게 처리를 하죠. 또한, 치매가 더 진행되지 않도록 도와주는 약도 거부감 없이 드시게 하십니다. 전문가의 손길을 할머니도 느끼시나 봐요.

그리고 할머니가 저녁만 되면 집안 곳곳을 돌아다니며 문단속을 하고 커튼을 치는 일을 반복하고 반복할 때도 명옥 이모는 청소기를 돌리고, 걸레질하며 할머니의 행동들을 무심한 듯 그냥 지켜보기만 하죠.

명옥 이모는 할머니가 하시는 행동들이 치매를 앓고 있는 할머니들의 특징적인 행동이라는 것을 알기에 안전하게 다닐 수 있도록 지켜만 보는 거죠. 이 또한 전문가의 포스겠죠?

물론 세상에서 제일 친절한 다섯째 이모부도 다정한 눈빛으로 할머니를 지켜봐 드리고 할머니의 끊이지 않는 질문에 답하고 고개를 끄덕이신답니다.

가끔은 기억을 조금 되찾은 할머니가 슬픈 표정으로 말씀하십니다.

"바보가 되어 가는 것 같아. 자식 이름도 잊고, 손주들 이름도 잊고, 이렇게 살아서 뭐하나…."

그럴 때면 명옥 이모는 할머니의 주름진 두 손을 꼭 잡고서 따뜻한 위로의 말을 전합니다.

"어머니, 요양원에 누워 계신 어르신들을 보면 얼마나 마음이 아픈지 몰라요. 말도 하지 못하고 걷지도 못하고 멍하니 누워 계신 분들을 볼 때마다 마음이 정말 짠해요."

그리고 이모는 할머니에게 위로의 말을 이어갑니다.

"어머닌 그래도 걸을 수 있고, 말도 할 수 있으니 얼마나 좋아요. 기억이 조금 사라지면 어때요. 우리가 옆에서 어머니의 사라진 기억을 하나씩, 둘씩 다시 찾아드릴게요. 좋은 생각만 하세요. 마음이 즐거워야 몸도 건강하답니다."

명옥 이모의 따뜻한 위로가 통했는지 할머니는 고개를 끄덕이며 따뜻한 눈빛으로 이모를 가만히 바라봅니다.

매주 일요일마다 성당에 가는 명옥 이모의 첫 번째 기도의 내용은 아마도 이런 내용이 아닐까요?

'92살 우리 어머니, 건강하게 해주시길….'

'기억을 잃는다고 해도 지금처럼 건강하게만 곁에 있어 주시길….'

할머니 댁 거실에는 명옥 이모가 할아버지를 그리워하며 쓴 시 한 편이 걸려 있답니다. 명옥 이모가 쓴 시를 읽을 때마다 마음이 뭉클하고 눈물이 핑 도는 건 할아버지에 대한 이모의 그리움을 느낄 수 있기 때문이랍니다.

명옥 이모의 가슴속에는 깊이를 알 수 없는 사랑의 우물이 가득한 것 같아요.

그리움

임명옥

늘

아버지가 걸었던 골목길을 걸어본다

나는 문득 아버지가 생각났다

여름이 가고 있고 가을이 오고 있었다

아버지도 여름이 가는 것을 아쉬워했을까

가을이 오면 쓸쓸해했을까

저 꽃을 보면서 무엇을 생각했을까

이 돌담 어느 쯤에 아버지의 손길이 묻어 있을까

지는 노을은 또 어땠을까

늦은 저녁에

계절이 바뀌는 길 위에서

나는 아버지의 나이가 되어

아버지의 모든 것이 궁금해졌다

아니 그리워졌다

토요일.

맹실쌤이 할머니와 함께하는 날입니다. '맹실쌤'은 우리 엄마의 별명입니다. 엄마의 제자들은 카톡이나 문자를 보낼 때면 엄마를 맹실쌤이라고 부르죠.

엄마를 알고 있는 많은 사람은 엄마를 '맹실이'라고 불러요. 그건 애정의 표시 같은 거죠.

엄마 또한 책이나 소중한 것들에 '맹실이꺼!'라는 표시를 꼭 하세요. 시집 겉표지에도 '맹실이꺼!', 필통에도 '맹실이꺼!', 심지어 아빠의 핸드폰 저장 이름도 '맹실이꺼!'랍니다.

맹실이라는 이름이 주는 친근함이 엄마는 왠지 좋다고 하세요. 그리고 할머니가 늘 불러주었던 이름이라서 더욱더 좋다고 하세요.

맹실쌤은 산으로 바다로 놀러 다니기를 좋아해서 할머니에게 가장 많이 야단을 맞는 딸이었대요. 야단을 많이 맞았다는 건, 할머니에게 잘못한 것도 많다는 것을 의미하겠죠? 그래서 맹실쌤은 할머니에게 최선을 다하는 딸이 되려고 노력한답니다.

맹실쌤은 '주간보호센터' 차에서 내리시는 할머니를 만나자마자 자신을 할머니가 즐겨 부르셨던 '맹실이'라고 먼저 소개하세요. 기억을 잃은 할머니가 긴장하지 않도록 할머니의 여섯 번째 딸이라는 말도 함께 한다고 해요.

그러면 할머니는 조금은 기억이 나신 듯 빙그레 웃으시고는 "맹실이?"라고 되묻곤 하시죠.

할머니의 치매가 조금 더 심해지고 딸들의 이름을 하나둘씩 잊어버리기 시작하자 맹실쌤은 마음이 아주 아팠어요. 그런데 맹실쌤은 잊어버렸지만 건강한 모습으로 생활하시는 할머니의 모습을 보고, '지금 있는 그대로의 할머니를 받아들이자.'라고 마음을 먹었죠.

그래서 조각난 기억 속에서 생활하시는 할머니를 조금은 편하게 대할 수 있게 되었답니다.

토요일 오후.

맹실쌤은 할머니가 귀가하신 후 간단한 저녁을 대접해드

리고 할머니의 기저귀를 갈고, 양치질과 씻기를 마친 후에는 자신의 특기를 발휘하십니다.

25년 동안 선생님으로 일하고 있는 맹실쌤은 말 안 듣는 학생을 다루듯이 할머니 앞에 앉고서는 할머니가 좋아하시는 양갱 다섯 조각이 든 접시를 탁자 위에 올려놓고 할머니를 위한 눈높이 맞춤 교육을 시작합니다.

"어머니 이름은 무엇인가요?"

"오-연-옥."

"딩동댕!"

맹실쌤은 정답을 말한 할머니의 입안으로 양갱 한 조각을 넣어 드리고서는 매우 흐뭇한 얼굴로 할머니의 얼굴을 바라봅니다. 그리고 맹실쌤의 다음 질문이 이어진답니다.

"어머니가 태어난 곳은 어디입니까?"

"몰라! 기억이 안 나!"

"땡!"

할머니가 정답을 말하지 않을 때는 할머니가 드시려는 양갱 한 조각을 맹실쌤 자신의 입안으로 보란 듯이 쏘-옥 넣어버립니다. 그리고는 할머니가 태어난 곳은 성산포라는 것을 말씀드리고서 할머니가 정답을 말할 때까지 반복해서 질문합니다.

끝말잇기 게임처럼 수없이 반복되는 할머니와 맹실쌤의 질문하고 답하기는 토요일 저녁마다 할머니 댁 거실에서 일어나는 일입니다. 기억을 잃어가는 할머니를 위해 맹실쌤은 할머니가 기억할 수 있는 것들을 수십 번 반복해서 알려드리고 한 번이라도 할머니가 제대로 대답을 하면 전교 1등이라도 한 것처럼 기뻐하십니다. 제가 수학 100점을 맞았을 때도 이렇게까지 기뻐하지 않았죠.

가끔은 맹실쌤의 노력이 치매를 앓고 있는 할머니에게는 소용이 없는 것 같아 그만하라고 말하고 싶기도 하지만 할머니가 가끔은 기억을 모두 되찾은 사람처럼 척척 정답을 말할 때가 있어 우리 가족 모두는 '맹실쌤의 노력이 어쩌면 기적을 일으키지 않을까?'라는 간절한 희망을 품기도 한답니다.

햇살이 반짝이는 어느 날, 잠에서 깬 할머니가 저를 보며 환한 미소를 짓고는 '하정아!'라고 불러주는 기적을 우리 가족 모두는 바라고 있는 거죠.

맹실쌤의 특별한 수업이 끝나면 맹실쌤은 서둘러 할머니의 잠자리를 준비합니다.

그리고 할머니가 잠자리에 들 즈음, 할머니 댁 바로 앞집에 살고 계시는 큰 이모와 큰 이모부, 그리고 할머니의 밤 동무인 외숙모가 출동하십니다. 모두 비장한 얼굴을 하고서는 한 손에는 간식거리와 또 한 손에는 고스톱판을 부여잡고 나타나시죠.

맹실쌤의 일탈이 시작되는 거죠.

고스톱은 맹실쌤의 유일한 취미이자 오락거리랍니다. 평

소 양보를 잘하고 배려를 잘하는 맹실쌤이지만 고스톱판에서는 절대 양보와 배려라는 것을 찾아볼 수가 없답니다. 꼭 이기고 말겠다는 의지가 보일 뿐이죠.

가끔은 영희 이모가 고스톱에 끼기도 하지만 실력이 없는 영희 이모는 맹실쌤의 밥이 되곤 해요. 특히, 승부욕이 강한 큰 이모부와 맹실쌤의 눈치 싸움은 고스톱을 칠 때마다 치열하게 벌어지는 일이랍니다.

끝나고 나면 딴 돈을 100원 하나 남기지 않고 모두 다 돌려주면서 왜 그렇게들 꼭 이기려고 기를 쓰는지 어린 저로서는 도저히 이해가 안 되는 일이랍니다.

어느 토요일에는, 할머니를 소파에 앉혀 놓고는 큰 이모부와 큰소리로 실랑이를 하며 고스톱을 치는 맹실쌤의 모습을 보고는 실망스럽다는 듯 말했어요.

"엄마, 할머니를 돌보는 날인데 고스톱을 치면 어떻게 해요? 할머니랑 이야기를 나누든지, 할머니랑 놀아줘야 하는 거 아니에요?"

실망스럽다는 제 말에 맹실쌤은 말씀하셨어요.

"집 안을 시끌벅적하게 만들어서 할머니가 혼자 있다고 느끼지 않게 하는 것이 할머니에게는 더 좋은 환경이 될 수 있어."

"시끌벅적한 게 좋은 환경이에요?"

따지듯이 엄마에게 제가 되물었어요.

"그렇지. 할머니는 아홉 오누이를 키우시느라 하루도 조용한 적 없이 사셨거든. 할머니가 기억하는 그때를 다시 기억나게 해 드리려고 엄마와 이모부는 재방송하고 있는 거야."

"재방송요?"

"응. 할머니가 기억하는 예전의 모습, 아홉 오누이 때문에 온 집 안이 시끌벅적하고 난리 법석이었던 그때 그 모습을 다시 보여드리는 거야."

그리고 엄마는 덧붙이셨어요. 치매를 앓고 있는 할머니를 혼자 조용히 놔두는 것이 더욱더 치매를 심하게 만드는 일이라고. 그래서 계속 말을 할 수 있는 환경을 제공하여 귀로 듣게 하고, 조금이라도 더 말을 하도록 만들고, 몸을 조금이라도 움직일 수 있게 해야 한다고.

저의 핀잔을 피하려는 듯 맹실쌤은 아주 노련한 말솜씨로 저를 설득해 갔죠. 맹실쌤의 변명인지 아니면 진짜 속마음인지 알 수 없었지만 맹실쌤의 이야기를 듣고서 이런 생각이 들었답니다.

'어쩌면 할머니는 시끄럽게 놀고 있는 맹실쌤과 가족의 모습을 보며 다시는 볼 수 없을 거로 생각한 아이들의 어릴 적 모습을 어렴풋이 기억해 낼 수도 있겠구나.'라는.

좁은 집 안에 가득 찼던 아홉의 아이들, 쉼 없이 움직이는 아이들의 부산함과 왁자지껄한 소리들….

그리고 잠시 그 옛날 아홉 오누이가 모두 함께 옹기종기 모여 있는 모습을 기억하고서는 '행복하다!'라고 느끼지 않으실까요?

다시 또 토요일이 오기를 기다리는 맹실쌤.

고스톱이 즐거운 건지, 할머니와의 만남이 즐거운 건지, 도통 맹실쌤의 마음을 알 수는 없지만, 맹실쌤에게서 흘러나오는 콧노래에서 느낄 수 있는 건 즐거워한다는 거죠.

돌아오는 토요일에도 맹실쌤의 일탈은 이어지겠죠?

맹실이라는 이름이 주는 친근함이
엄마는 왠지 좋다고 하세요.
그리고 할머니가 늘 불러주었던
이름이라서 더욱더
좋다고 하세요.

일요일의 가디언즈

할머니에게 남아 있는 소중한 기억, 명원 이모!

명원 이모는 할머니의 아픈 손가락이라고 해요.

아홉 오누이 중 유일하게 결혼을 하지 않고 독신의 삶을 즐기시는 이모랍니다. 이모는 혼자인 것이 편하고 좋다고 하지만 할머니 눈에는 괜히 안쓰럽고 마음이 아픈가 봐요. 운이 좋아 기억이 또렷해질 때마다 혼자 사는 명원 이모를 찾으시거나 걱정하시곤 한답니다.

50년이라는 긴 세월을 할머니와 명원 이모는 함께했답니다. 그래서 할머니가 치매를 처음 앓기 시작하실 때 할머니의 곁에서 함께 생활하셨던 명원 이모가 가장 많은 수고를 했다고 해요.

엄마와 이모들은 요일마다 할머니 돌보는 일을 번갈아 하면서 명원 이모가 그동안 얼마나 힘든 일을 혼자 짊어 메고 있었는지를 깨닫게 되었대요. 치매와 함께 시작된 할머니의 욕설과 과격한 행동들, 시도 때도 없이 집 밖으로 나가려는 행동들, 그리고 끝없이 반복되는 질문들….

이 모든 것을 명원 이모는 견뎌야 했다는 것을 알게 된 거죠. 그리고 힘들었던 명원 이모의 마음을 미리 알아주지 못해 미안하고 또 미안하다고들 하세요.

오랫동안 할머니를 위해 희생해준 명원 이모가 이제 홀로서기를 해보겠다고 지난해에 독립했답니다. 엄마와 이모들은 용기를 내어 독립한 명원 이모에게 '너 참 장하구나!'라는 응원의 박수를 보낸다고 하네요.

명원 이모가 독립하는 날, 할머니는 명원 이모 집으로 데려다 달라고 외삼촌을 들볶았답니다. 물가에 내놓은 어린아이를 걱정하듯 할머니는 현관문을 잡고서 명원 이모에게 데려다 달라며 외삼촌에게 고함을 수차례 질렀죠.

다행히 명원 이모와의 영상통화로 할머니는 진정할 수 있었는데, 그 후로도 여러 번 명원 이모 집으로 가겠다며 한밤중에 외삼촌에게 소리를 지를 때마다 할머니와 명원 이모의 달달한 영상통화가 이어지곤 했답니다.

명원 이모 또한 하나님의 절친이에요. 그래서 일요일이면 교회에서 많은 시간을 보내고 할머니가 집으로 돌아올 시간이 되면 할머니 마중을 나간답니다.

할머니가 유일하게 기억하는 딸의 이름, 명원이….

"명원아!"

차에서 내리며 할머니는 딸의 이름을 소중하게 부른답니다. 그리고는 여느 때처럼 또다시 엉뚱한 소리를 시작하지만, 할머니가 부르는 '명원아'라는 이모의 이름에는 이모를 절대 잊지 않겠다는 할머니의 절실함이 묻어 있는 듯해요.

명원 이모는 매우 꼼꼼하세요.

할머니의 간식을 정할 때도 명원 이모의 꼼꼼함은 한몫을 하죠. 삶은 달걀 2개, 바나나 1개, 두유 하나, 카스텔라 두 조각은 할머니가 매일 드시는 간식이에요. 주간보호센터에서 저녁까지 드시고 오시는 할머니의 영양 보충을 위해 매일 집에서 챙기는 간식들이죠.

엄마와 이모들은 명원 이모가 만들어 놓은 '간식을 반드시 드시게 할 것!'이라는 규칙을 꼭 지켜야 한답니다.

그리고 명원 이모는 주간보호센터에 계시는 할머니들과 '내 거야', '아니야 내 거야'라고 다툼이라도 일어날까 봐 할머니의 신발, 지팡이, 모자 그리고 손수건 등 할머니가 쓰시는 모든 물건에다 '오연옥'이라는 이름을 적었답니다.

명원 이모의 꼼꼼함이 또다시 발휘된 것이죠. 그리고 할머니를 생각하는 명원 이모의 손길인 거죠. 할머니를 생각하는 명원 이모의 손길이 할머니의 모든 것에 물들어 있어요.

할머니의 속옷을 정리하던 엄마가 피식 웃고는 말씀하셨어요.

"할머니 속옷에도 오연옥이라고 적혀 있네."

그 어떤 것도 허투루 하지 않는 명원 이모를 생각하며 엄마는 웃더라고요. 할머니를 생각하는 명원 이모의 또 다른 손길이 엄마와 이모들을 미소 짓게 하죠.

두꺼워진 할머니의 손톱과 발톱을 정리하고 얼굴에 바르는 로션을 챙기는 일도 명원 이모의 손길에서 이루어진답니다.

저녁마다 명원 이모를 데리고 오라고 난리 치시는 할머니도 일요일 저녁에는 명원 이모와 함께 있어 평온하십니다. 그 어떤 저녁보다도 행복한 미소를 짓곤 하시죠.

할머니에게 남아 있는 소중한 기억, 명원 이모에 대한 할머니의 기억은 '고맙다. 그리고 사랑한다!'라는 말이 아닐까요?

매일 밤의 가디언즈

58년 개띠 모임, 외삼촌과 외숙모

엄마와 이모들이 할머니와의 저녁을 보내고 돌아가면 외삼촌과 외숙모는 할머니의 기나긴 밤을 챙기는 가디언즈가 된답니다.

보통은 입가에 큰 복점을 가지고 있는 외숙모가 할머니와 함께 지내지만, 외삼촌도 살짝 거들기는 하세요.

외숙모와 외삼촌은 모두 1958년에 태어난 동갑내기 부부입니다. 그리고 두 분 모두 개띠라서 우리 가족은 두 분을 58년 개띠 모임이라고 장난처럼 부르곤 합니다.

외갓집의 유일한 XY, 외삼촌이 결혼하고 싶은 여자가 생겼다고 했을 때 엄마와 이모들은 '대체 어떤 분이 우리 오빠에게 시집을 오려고 하나?' 하고 많이 궁금해했어요.

깐깐하고 말 많은 시누이 여덟 명과 대적할 외숙모가 너무 들 궁금했던 거죠.

그리고 깔끔이인 데다 융통성이라곤 조금도 없는 외삼촌을 사로잡은 분이 너무 궁금했던 거죠.

외숙모는 성산포에서 가장 먼 신도라는 곳에서 태어나 성산포로 시집을 오셨어요. 제주도의 동쪽 끝인 성산포에 사는 남자와 서쪽 끝인 신도에 사는 여자가 어느 날 우연히 만나 사랑이라는 것을 시작했나 봐요.

해양대학교에 다니는 외삼촌이 제복을 멋있게 입고 '짜잔-' 하고 나타나자 외숙모는 첫눈에 외삼촌에게 반했다고 해요. 외삼촌의 말씀인지라 믿어야 할까요? 외숙모에게 여쭤보면 빙그레 웃기만 하세요.

아무튼, 딸이 여덟 명 있다는 건, 말 많은 시누이를 여덟 명이나 두게 된다는 건데 그걸 알면서도 외숙모는 외삼촌과의 결혼을 결심했대요.

'헐~'

외삼촌과의 사랑에 빠진 외숙모는 아마도 큰 콩깍지를 두 눈에 푹 덮었나 봐요. 여덟 명의 시누이들에게서 미움받을 용기를 어떻게 낼 수 있었을까요?

밤이 되면 할머니의 치매 증상은 조금 더 심해지세요.

커튼을 쳤다가 걷었다가,

텔레비전을 켰다가 껐다가,

방 안으로 들어갔다가 나왔다가,

꺼져 있는 스위치를 켰다가 껐다가,

잠겨있는 문을 확인하고 또 확인하고,

옷장 안에 있는 옷을 모두 꺼내어 접었다가 펼쳤다가,

침대 모서리의 빈틈을 이불과 베개로 넣었다가 뺐다가….

저는 가끔 상상해 본답니다. '할머니와 제가 단둘이 있는 순간에 할머니가 이런 행동을 계속하고 있다면 과연 견뎌낼 수 있을까?'라는.

인내심을 가지고 참아 보다가 어느 순간에는 폭발하여 할머니에게 짜증을 심하게 낼 수도 있지 않을까요?

그런데 외숙모는 딱 한마디만 하세요.

"어머니…."

할머니를 말려 보아도 고집을 부릴 거라는 것을 알기에 할머니가 하고 싶은 행동들을 조심히 지켜만 보시죠. 그리고 할머니가 주무시면 할머니가 어질러 놓은 것들을 정리하는 것은 외숙모의 몫이 되는 거죠.

애교가 없어 무뚝뚝해 보이지만 항상 그 자리에서 자신의 역할을 열심히 하려고 노력하시는 외숙모의 모습을 보고 엄마는 말씀하세요.

"이제는 올케가 아니라 언니야. 언니가 또 한 명 생겼어."

라고.

피를 나누지는 않았지만 피보다 더 소중한 사랑을 나누는, 진심을 나누는 든든한 언니가 또 한 명 생겼다고 기뻐하세요. 그리고 변함없이 성실한 외숙모의 모습을 닮아가고 싶다고 하세요.

매일 아침마다 할머니를 주간보호센터로 보내기 위해 준비하는 일도 외숙모의 몫이랍니다. 깔끔하고 상큼한 할머니를 위해 매일 아침마다 외숙모는 밤 동안 할머니가 차고 있던 기저귀를 갈고, 목욕 준비를 하십니다. 행여 할머니의 몸에서 이상한 냄새라도 날까 봐 걱정되어 외숙모는 매일 아침마다 할머니의 몸을 씻기고 깨끗하게 세탁된 옷을 입힙니다.

치매를 앓기 시작하면서 할머니는 씻는 일을 너무 싫어하셔서 씻을 때마다 매번 귀찮다며 안 씻겠다고 고집을 부리곤 하십니다. 그래서 외갓집 모든 식구는 할머니를 씻길 때마다 할머니와의 큰 전쟁을 치르곤 합니다.

어느 아침에는 씻는 걸 매우 싫어하는 할머니가 목욕하던 중 갑자기 화를 내며 외숙모가 들고 있던 샤워기를 뺏어서 외숙모에게 물을 뿌려댔어요. 그만하라고 하는데도 할머니는 오랫동안 외숙모에게 물을 뿌려댔고 외숙모는 옷을 입은 채 흠뻑 젖게 되었죠.

목욕탕에서 나오는 할머니와 외숙모는 누가 목욕을 한 건지 구분이 되지 않을 정도로 두 분 모두 물에 빠진 생쥐처럼 홀딱 젖은 모습이었어요.

'헉!' 하고 당황하는 저를 보며 외숙모는 씽긋 웃으시더니 말씀하셨어요.

"하정아, 할머니는 힘이 천하장사야, 외숙모한테서 샤워기를 빼앗으시고는 물을 뿌려대는데 말릴 수가 없었어!"

외숙모는 웃으며 말씀하셨어요. 할머니와의 전쟁이 할머니의 승리로 돌아갔다는 건 할머니가 건강하다는 증거이고, 외숙모는 '할머니가 건강해서 다행이다!'라고 생각하셨는지 입가에 미소가 가득했죠.

외숙모는 꼼꼼하게 할머니를 챙겼던 명원 이모의 빈자리

를 채우고 있답니다.

계절에 맞는 속옷과 겉옷을 준비하고,

드시는 약이 얼마나 남아 있는지 확인하고,

아침마다 드실 수 있는 간단한 식사를 준비하고,

계절마다 나오는 과일로 할머니의 간식을 챙기고,

기저귀가 떨어지지 않도록 항상 여유분을 준비하고,

병원 진료를 받는 날에도 외숙모는 항상 할머니 곁에서 바쁘게 움직이신답니다.

외삼촌보다 더 많은 시간을 할머니와 보내며 할머니와의 순간순간들에 충실한 모습을 보이세요.

할머니 또한 이제는 외숙모의 자리를 아는지 잠자리에 들기 전에 외숙모가 집에 있는지 꼭 확인한답니다. 행여 외숙모가 집에 없을 때면 밤이슬 맞고 다니는 어린 딸을 걱정하듯 외숙모를 찾곤 하시죠.

외숙모도 이젠 할머니에게 며느리가 아니라 딸이 되었나 봅니다.

외숙모의 딸, 희연 언니는 누가 봐도 임씨 집안의 DNA를 고스란히 물려받아 똑 부러진 성격을 가지고 있는 언니입니다. 둥그런 얼굴, 커다란 눈, 짙은 쌍꺼풀 그리고 당당한 자태는 임씨 집안 사람이라는 표식이랍니다. 그리고 정이 넘치는 것 또한 그중에 하나입니다.

할머니가 주간보호센터에 다닐 거라는 것을 들은 희연 언니는 행여 할머니가 모르는 할머니들 사이에서 기가 죽을까 봐 월요일부터 일요일까지 매일 번갈아 가며 쓸 수 있도록 일곱 개의 모자와 빨주노초파남보 무지개색 스웨터를 사서 할머니에게 선물하였답니다. 그런 희연 언니를 보며 '언니는 정말 임씨 집안의 분위기 메이커가 되겠구나!'라는 생각을 하게 되었죠.

이렇게 착한 희연 언니를 두고 치매라는 이상한 나라에 갇힌 할머니는 희연 언니를 볼 때마다 '증조할머니를 닮아서 독하게 생겼어. 정말 독하게 생겼어!'라며 놀리는 소리를 하십니다. 희연 언니가 사준 스웨터를 입고, 희연 언니가 사준 멋진 모자를 쓰고, 희연 언니가 사다 준 양갱을 맛있게 드시는 할머니가 희연 언니의 흉을 보고 있으니 조금은 웃긴 상황이어서 우리 가족 모두는 크게 웃었답니다.

할머니는 최근 들어 더 많은 기억을 잃으셨어요. 그런데도 "할머니, 아들 이름이 뭐예요?"라고 물으면 할머니는 웃으며 대답하시죠.

"임 - 영 - 철!"

참 신기한 일이에요. 모든 것을 잊고서도 외삼촌의 이름 석 자를 기억하시다니!

"할머니, 손자 이름은 뭐예요?"

"임 - 정 - 규!"

와우, 우리 할머닌 다 계획이 있나 봅니다. 치매라는 이상한 나라가 할머니를 아프게 하며 기억이라는 절벽에서 할머니를 벼랑 끝으로 몰아내려고 해도 절대로 대를 이을 손자 이름은 잊지 않겠다는 계획을 세우셨나 봅니다. 여덟 명 고모들의 잔소리에 힘들어할 손자를 절대 잊지 않겠다고 다짐했나 봅니다.

지난 추석에는 할머니 댁에 외갓집 식구들이 모였어요.

많은 식구 중에서도 유독 할머니 곁에서 맴돌았던 작은 아이가 한 명 있었답니다. 할머니의 증손자인 다섯 살 승준이었죠. 승준이는 할머니를 알아보는지, 주름이 가득한 할머니의 모습에도 아무런 거리낌 없이 할머니에게 안기고 손을 잡아드리며 할머니 옆에서 즐겁게 놀아주곤 했답니다.

할머니가 승준이에게 물어봅니다.

"내가 누구야?"

"저도 알아요. 우리 집 대장 할머니잖아요."

다섯 살 승준이는 할머니가 우리 집 대장이라는 것을 어떻게 알았을까요? 임씨 집안 대를 이을 다섯 살 아이는 할머니에게서 텔레파시라도 받은 걸까요?

아무튼, 아흔 넘은 할머니와 다섯 살 증손자의 다정한 대화에 우리 모두 흐뭇한 미소를 지을 수 있었답니다.

나이가 들면서 할머니는 전에 안 하시던 아들 자랑을 심하게 하셨어요.

"착하네, 정직하네, 술 먹을 줄 모르네, 담배 피울 줄 모르네, 누구와 싸울 줄도 모르네, 어디서든지 나쁜 짓을 할 줄 모르네, 어미 속을 하나도 썩이지 않은 효자네!" 등등.

아마도 우리 외삼촌은 '착한 아들 뽑기 대회'에 나간다면 1등을 하고도 남을 듯합니다.

할머니의 남아 있는 기억 속에는 마냥 착했던 외삼촌의 모습이 있고, 그 모습을 할머니는 절대 잊지 않으려고 마지막 노력을 하시는 듯합니다. 그리고 할머니는 외삼촌의 이름을 끝까지 잊지 않고 기억해 주는 것으로 우리 착한 외삼촌에게 큰 상을 주려는 것 같아요.

"영철—아!"

때로는 선잠을 주무시고 방 밖으로 나온 할머니가 깊은 밤, 잠들어 있는 외삼촌과 외숙모의 단잠을 깨운답니다.

그리고는 물질을 하며 소라 잡았던 일, 이른 새벽마다 생선으로 가득 찬 대야를 머리에 이고 이웃 마을로 생선 장사를 나갔던 일, 명숙 이모와 함께 우뭇개 동산에서 해산물 장사를 했던 일, 그리고 동네 해녀들과 함께 해녀의 집이라는 곳에서 전복죽 장사를 했던 일들을 반복하고 반복하며 말씀하신답니다.

그럴 때마다 두 분은 애원하듯이 할머니에게 말씀하시죠.

"어머니, 제발 주무세요!"

오늘 밤에도 58년 개띠 모임, 외삼촌과 외숙모는 할머니와의 기나긴 밤을 함께하고 있답니다.

엄마와 이모들의 휴가

명숙 이모의 귀환!

명숙 이모는 아홉 오누이 중 유일하게 성산포를 떠나 서울에서 살고 계십니다. 엄마와 이모들이 요일마다 번갈아 가며 할머니를 돌보기로 결정하던 날, 명숙 이모는 말씀하셨어요.

"나도 일 년에 두 번은 내려와서 어머니를 모실게. 그때는 모두 휴가라고 생각해라."

사실 명숙 이모는 몇 년 전에 암이라는 병을 진단받고 꾸준하게 치료를 받고 있습니다. 그런 와중에도 명숙 이모는 아프다는 핑계를 대지 않고 자신이 한 약속을 꾸준하게 지키고 있답니다. 할머니와의 약속인 것처럼 열심히 지키고 있답니다. 참 대단한 이모인 것 같습니다.

명숙 이모가 집을 비우는 시간을 둘째 이모부는 해방의 날이라고 좋아하시죠. 이모의 잔소리에서 벗어난 둘째 이모부는 처음 며칠 동안은 혼자만의 자유를 즐기시다가 외로움을 느끼시는지 성산포로 내려오고 싶다고 떼를 쓰곤 하신답니다.

명숙 이모가 할머니 곁에 내려와 지내는 동안에는 엄마와 이모들은 특별 휴가를 받았다고 좋아하세요. 하지만 금세 명숙 이모 주위로 모여들어 희희낙락거리죠.

명숙 이모는 시집을 가기 전에 할머니와 함께 전복, 소라, 해삼, 문어 장사를 하셨어요. 어려운 가정형편에 보탬이 되고자 동네 친구들이 예쁜 교복을 입고 고등학교에 다닐 때, 이모는 우뭇개의 차가운 바람을 맞으며 성산일출봉을 구경하기 위해 성산포를 찾은 관광객들을 상대로 해산물 장사를 하셨어요.

어린 나이에 창피하기도 했을 텐데 혼자 장사를 하시며 힘들어하시는 할머니를 두고만 볼 수 없었다고 하네요. 좌판대를 펼쳐서 이리저리 왔다 갔다 하며 장사하시는 할머니를 못 본 척할 수가 없었대요.

그리고 어디서 배웠는지 알 수는 없지만, 손님들도 서울말을 예쁘게 쓰는 명숙 이모의 화려한 말솜씨와 친절함에 반하여 명숙 이모가 장사하는 좌판대는 손님들로 북적거렸다고 해요. 할머니보다 더 능숙하게 장사를 했다고 합니다.

고생이 많았을 텐데도 명숙 이모는 옛날이야기를 하듯 그 때를 회상하며 이런저런 이야기를 신나게 하십니다.

특히 전복 손질을 하다가 작은 진주를 발견했을 때 얼마나 놀라고 기뻤는지, 그리고 그 진주를 팔아 코흘리개 동생들의 옷이랑 신발을 사줬을 때 얼마나 기분이 좋았는지 말씀하실 때는 입가에 미소가 가득 핀답니다.

가끔은 쉬지 않고 떠들어 대는 명숙 이모의 목소리가 너무 커서 귀가 살짝 아프고 머리가 지끈거리기도 하지만 옛날 이야기처럼 재미있는 이모의 이야기에 다시 또 집중하게 된답니다.

할머니와의 추억이 많은 명숙 이모는 추억 보따리를 풀어 이런 이야기, 저런 이야기, 요런 이야기를 풀고 또 풀어냅니다. 명숙 이모의 이야기에는 할머니의 역사가 그대로 담겨 있습니다. 그 역사는 외갓집의 역사이기도 합니다.

'파란만장한 오연옥 여사님의 일대기'라고 제목을 붙여도 충분할 것 같아요.

기억을 잃은 할머니도 명숙 이모가 들려주는 많은 이야기에 반응을 보이곤 합니다. '응', '맞아!'라고 맞장구를 치기도 한답니다.

무엇이 생각났는지 환한 미소를 짓기도 하시고, 가끔은 모든 것을 기억하시고 있는 것처럼 말씀도 하세요.

"명숙이가 고생을 많이 했어. 우뭇개 그 바람 코지에서 어린 것이 나를 도와 장사를 한다고 정말 많은 고생을 했어."

잠시 그때를 떠올리신 건지 명숙 이모를 바라보는 할머니의 두 눈에 눈물이 가득하답니다. 그리고 치매라는 정글에서 탈출이라도 한 날에는 명숙 이모에게 고맙다는 말을 전하기도 합니다.

"명숙아, 고생 많았다. 정말 고맙다!"

"어머니도 고생이 많으셨어요. 어머니의 노력으로 저희 모두가 이렇게 잘 컸어요. 어머니, 정말 감사합니다!"

고맙다는 할머니의 말에 명숙 이모가 전하는 감사의 말이 더해지곤 해요.

명숙 이모는 깔끔 대장이랍니다. 먼지 한 점을 용납하지 않는 깔끔이 이모인 거죠. 그래서 명숙 이모가 내려오면 할머니 방과 부엌, 화장실은 반짝반짝 빛이 나기 시작해요.

할머니의 침대는 구김살 하나 없이 단정하게 변하고, 할머니의 머릿결과 피부는 10년은 어려 보일 정도로 보들보들해져요.

모두가 명숙 이모의 작품이랍니다. 바로 명숙 이모의 귀환이 빛을 보는 순간인 거죠.

'동백 아가씨'를 멋지게 불러댔던 명숙 이모는 어릴 적 꿈이 가수였대요. 하지만 어려운 가정형편으로 꿈을 포기하고 말았죠. 어릴 적 명숙 이모의 노래를 들었던 엄마는 말씀하세요.

"뭐니 뭐니 해도 명숙 언니의 노래가 최고였어!"라고.

둘째라서 조금은 서러웠던 명숙 이모,

동생들을 키우느라 젊음을 그냥 보내버린 명숙 이모,

어려운 가정형편으로 자신의 꿈을 포기했던 명숙 이모,

오늘도 명숙 이모는 할머니보다도 더 하얗게 세어버린 머리카락을 가지고서는 할머니 댁 앞에 있는 동백상회를 바라보며 할머니가 타고 오시는 차를 한없이 기다리고 있답니다.

365일,
성산포에서는

이렇게 성산포에서는 아홉 오누이가 매일 밤마다 번갈아 가며 92살 오연옥 여사님을 돌보고 계십니다.

365일,

햇살이 맑은 날에는 할머니가 반짝하고 기억을 되찾아 아홉 오누이의 이름을 차곡차곡 불러주어 모두가 행복해진답니다.

구름이 잔뜩 낀 날에는 짙은 구름만큼이나 할머니의 기억도 먹구름이 낀 것처럼 흐려져 아홉 오누이를 낯선 사람처럼 바라볼 때는 모두 가슴이 철렁 내려앉는 것을 느낍니다.

가끔은 이유도 없이 화가 난 할머니는 욕을 하고 침을 뱉고, 지팡이를 휘두르거나 물건을 던지기도 하십니다.

또 가끔은 이상한 고집으로 아홉 오누이를 힘들게도 하십니다.

치매라는 이상한 나라에서 온 할머니는 우리가 상상할 수 없는 행동을 하십니다.

하지만 우린 할머니의 진짜 모습을 알고 있기에, 그리고 한평생 자식들을 위해 희생하셨던 할머니의 삶을 알고 있기에 우리 가족 모두는 할머니를 있는 그대로 이해하려고 노력하고 있습니다.

고집쟁이 할머니도 우리 할머니고, 욕쟁이 할머니도 우리 할머니고, 싸움박질 할머니도 우리 할머니이기에 우린 할머니가 보여주는 그대로를 받아들이기로 마음먹었습니다.

아홉 오누이가 바라는 것은,

그리고 기도하는 것은,

지금처럼만 할머니가 건강하게 곁에 머물러 주시는 것입니다.

모두의 이름을 잊고,

모두의 얼굴을 잊는다 해도,

오늘처럼 늘 곁에만 있어 주시기를….

성산포의 아홉 오누이,

오연옥 할머니와 함께하는 그들의 여정은 앞으로도 쭉 오랫동안 이어질 거라고 저는 믿습니다!

오연옥 여사님

성산포 한 귀퉁이에
오연옥 여사님이 살고 계십니다
아주 부자여서
여사님이라는 호칭을 받고 있답니다
딸 부자, 손녀 부자, 손자 부자

딸 여덟, 아들 하나를 낳고
40여 년을
하늘 볼 새 없이
앞만 보고 살았어요

아이들이 자라
무겁디무거웠던 짐을 내려놓고는
잠시 하늘을 보며
묵묵히 지켜봐 줬던 하늘에게
참 고맙다는 말을 전했어요

내 할 도리 다 했다고 느낄 때쯤
오연옥 여사님에게는
망각이라는 그늘이 드리워졌어요

운이 좋은 날에는
그늘 사이로 들어오는 작은 햇살로
잠시
망각의 늪에서 벗어나기도 하지만
눈에 보이는 모든 것이
새롭고 낯선가 봐요

이제 일흔을 바라보며
누군가의 할머니가 된 맏딸에게
차 조심해라
말 조심해라
밤길 조심해라
타이르듯 말씀하시는 오연옥 여사님

망각의 늪에서도

당신은

우리들의 영원한 여사님이십니다.

셋

그리고 성산포에서는…

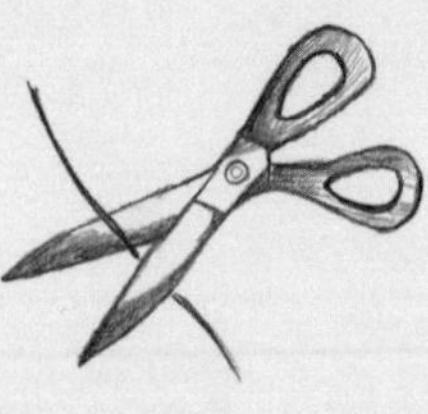

오연옥 할머니와 아홉 오누이, 그리고 성산포….
성산포는 우리 가족의 시작이며 기억이고 현재입니다. 지금도 성산포에서는 많은 이야기들이 이어지고 있고 그 이야기들은 우리 모두의 가슴 한편에 차곡차곡 쌓이고 있죠. 이 기억들은 누군가가 힘들어 넘어질 때면 또다시 일어나 앞으로 나아갈 수 있는 밑거름이 되어 줄 것입니다.
높이 솟아오른 일출봉의 기백과 눈부시게 푸른 바다색, 어디에서도 맛볼 수 없는 바다향, 파도와 어우러진 숨비소리, 그리고 성산포를 그대로 닮은 듯한 성산포 사람들….
성산포에 중독된 우리는 어디를 가든지 꼭 되돌아와야만 했고, 우리 또한 성산포의 일부분이 되어 살아가고 있다는 것에 행복함을 느낍니다.
찬란하고 아름다운 기억, 오래전 때묻지 않고 순수했던 성산포로 멋진 여행을 함께 하실래요?

할머니의 시어머니인 제 증조할머니는 해녀 대장이셨어요.

증조할머니는 남편을 일찍 여의시고 세 아들을 키우기 위해 악착같이 해녀 일을 하셨죠. 소라와 전복을 따서 세 아들을 공부시키고, 톳과 미역을 따서 세 아들을 장가보내는 데 보탰어요.

손주들이 생기자 손주들 입힐 옷과 먹일 쌀을 사기 위해 파도가 높게 이는 날에도 성산포 바다로 나가 숨비소리 흩날리며 물질을 하셨어요.

증조할머니는 성산포 해녀들이 모두 부러워할 만큼 깊은 성산포 바닷속을 속속들이 알고 있어서, 초보 해녀들은 증조할머니의 꽁무니를 따라 바닷속으로 들어가면 항상 커다란 전복을 따거나 커다란 문어를 잡는 횡재가 일어난다며 증조할머니를 많이 따르곤 했어요.

바다와 한몸이 되어 물질을 잘하시는 증조할머니는 성산포 해녀들의 우상이기도 했죠.

바다와 친구 된 지 50년, 증조할머니가 어느새 일흔으로 접어든 때였어요.

어느 날, 나이 들어 위험하다는 이유로 해녀 할머니들에게 갑자기 물질 금지 명령이 내려졌어요. 갑작스러운 물질 금지는 젊은 해녀들과 나이 든 해녀 할머니들 사이에 커다란 벽을 만들었어요.

해녀 일만 할 줄 알았던 나이 든 해녀 할머니들이 증조할머니 댁으로 모이기 시작했어요. 그리고 "해녀 일을 그만두면 살길이 없다."라며 많은 하소연과 깊은 한숨들을 뿜어냈죠. 앞날이 막막하다고 울기도 했어요.

해녀 할머니들이 모두 집으로 돌아가고 난 후, 깊은 생각에 빠졌던 증조할머니는 조용히 편지지를 꺼내 글을 쓰기 시작했답니다.

'존경하는 대통령님께'라고 시작된 할머니의 길고 긴 편지는 물질을 해야만 살 수 있는 해녀 할머니들의 절실함과 간절함으로 가득 채워졌어요. 그리고 편지의 마지막 부분은 이렇게 채워졌답니다.

“성산포의 뿌리 깊은 나무는 세찬 바람이 불어와도 절대 흔들리지 않습니다. 우리 해녀 할머니들이 튼튼한 뿌리가 되어주었기 때문입니다. 오랫동안 뿌리 역할을 한 우리에게 조금만 더 물질을 할 수 있는 기회를 주십시오.”

증조할머니의 편지는 성산포를 떠나 아주 멀게만 느껴졌던 서울, 청와대까지 이르게 되었고 대통령님이 읽었는지는 알 수 없었지만, 청와대 비서실에 근무하시는 분이 성산포를 방문하셨답니다.

전혀 예상하지 못했던 높으신 분의 성산포 방문은 마을 일에 앞장서고 있었던 할아버지를 당황스럽게 만들었죠. 증조할머니에게 쓸데없이 편지를 왜 써서 일을 이렇게 어렵게 만들었느냐며 화를 크게 냈답니다.

청와대에서 높으신 분이 성산포까지 그 먼 길을 내려올 거라고 전혀 상상을 못 했던 증조할머니 또한 당황하기는 마찬가지였죠. 하지만 평소 똑 부러지고 당찼던 증조할머니는 그 높으신 분과 당당하게 마주 앉았답니다. 그리고는 여러 해녀 할머니들을 대표해서 해녀로 살았던 당신의 삶을 이야기하고 앞으로도 물질하며 살고 싶다고 말씀드렸답니다.

대통령님의 입김인지 아니면 양복을 멋있게 차려입고 청와대 비서실에서 오신 높은 분의 설득이 통했는지는 모르지만 젊은 해녀들과 해녀 할머니들이 속마음을 터놓고 대화를 할 수 있는 기회를 가졌어요.

여러 시간 이어진 속 깊은 대화를 통해 서로의 삶을 이해하게 되었고, 특히 해녀 할머니들의 어려운 사정을 알게 된 젊은 해녀들의 배려로 나이 많은 해녀 할머니들은 다시 물질을 할 수 있게 되었죠.

증조할머니의 노력으로 성산포 해녀들에게 평화가 찾아오자 할아버지는 증조할머니에게 죄송하다는 말씀을 드리게 되었죠.

"어머니, 정말 대단하십니다!"라는 존경의 말도 전했어요.

성산포의 해녀 대장, 우리 증조할머니,

조금은 엄하시고 가시처럼 날카로워 모두 증조할머니를 무서워했지만, 불의를 보고는 몸을 사리지 않은 진정한 바다의 여왕, 해녀 대장이었던 거죠.

그리고 우리 증조할머니는 정말 대단한 성산포 사람, 그 자체였답니다!

성산포의 뿌리 깊은 나무는
세찬 바람이 불어와도
절대 흔들리지 않습니다.
우리 해녀 할머니들이
든든한 뿌리가 되어 주었기
때문입니다.
오랫동안 뿌리 역할을 한
우리에게 [illegible]
물질을 할 수 있는
기회를 주십시오.

외할아버지

성산포의 발전을 꿈꾸다!

제가 어렸을 때 엄마의 손을 잡고 성산포를 걸을 때면 동네 할머니들이 엄마에게 물어보시곤 했어요.

"누구 손녀야?"

그러면 엄마는 외할아버지의 성함을 말씀하시죠.

돌아오는 대답은 한결같습니다.

"아이고, 그렇구나. 할아버지 닮아 똑똑하게 생겼네!"

외할아버지는 성산포의 '유지'였다고 합니다. 성산포와 그 주변 마을에도 많이 알려진 '마을 유지'였다고 합니다. '마을 유지'라는 단어가 어려워 엄마에게 물어보면 '마을의 발전을 위해 많이 노력하신 분에게 붙이는 명칭'이라고 설명해 주십니다. 그리고는 덧붙이십니다.

"할아버지는 성산포의 발전을 위해 많은 노력을 하셨어. 오랫동안 마을 이장과 어촌계장을 하며 마을의 발전을 위해 노력하셨지."

성산포의 길을 만들어 살기 좋은 터전으로 발전할 수 있도록 노력했고, 어려운 사람들을 도와주며 배고픈 사람들에게 먹을 것을 나누어줄 줄 아는 마음이 따뜻한 분이셨다고 해요. 그래서인지 제가 만나는 성산포의 할머니들과 할아버지들은 오래전에 돌아가신 외할아버지를 잊지 않고 모두 기억하고 있답니다.

외할아버지를 기억하시는 분들은 하나같이 "임창하 어르신은 참 좋은 분이셨어!"라며 칭찬을 아끼지 않아요. 특히 외할아버지에게 많은 도움을 받으셨던 용재 할머니는 두 눈에 할아버지에 대한 그리움을 가득 담고서 말씀하세요.

"우리 용재가 커다란 싸움에 말려들어 폭행죄로 경찰서를 가게 되었는데 아무것도 모르는 나는 어떻게 해야 하는지 몰라 무척이나 당황해하고 있었어. 엄마가 되어서는 앞길이 막막하여 불안에 떨고 있는 용재를 위해 해줄 수 있는 게 하나도 없었지. 그때 이장을 맡고 있었던 임창하 어르신이 걱정하지 말라며 경찰서도 같이 가주고 진정서를 써 주셔서 용재가 풀려 나오게 되었어. 참 고마우신 분이셨지."

그리고 덧붙이셨어요.

"우리 용재 결혼식 때 주례를 맡아 주실 분이 없었는데 그때도 임창하 어르신이 주례를 서 주시고는 용재에게 열심히 살라는 용기도 주셨어."

사랑이 가득한 눈으로 용재 할머니는 저를 흐뭇하게 바라봐 주셨어요.

명오 이모는 눈이 많이 내렸던 어느 겨울날의 외할아버지를 회상하며 말씀하십니다.

"그해 겨울은 눈이 정말 많이 내렸어. 눈이 높게 쌓인 길을 헤치며 할아버지는 성산포 집집마다 돌아다녔어. 그리고는 부엌에 있는 아궁이를 만져보는 거야. 행여 어느 집 아궁이가 차가우면 밥 해먹을 거리가 없다고 생각하셔서 보리쌀이며 밀가루를 들고서 직접 나르곤 하셨어. 하얗게 내리는 눈 사이를 헤치며 걸어가는 할아버지의 모습은 정말 대단해 보였어."

명숙 이모가 들려주는 외할아버지의 이야기 속에는 '작은 영웅'이 있답니다.

어려운 사람들을 위해 자신의 것을 나누어 주는 사람, 추운 사람들을 위해 자신의 옷을 벗어 주는 사람, 집 없는 어려운 사람들을 위해 따뜻한 아랫목을 내어 주는 사람, 그리고 돌아가신 어르신들이 편하게 하늘나라로 갈 수 있도록 뒷정리를 다 해주신 사람, 그런 사랑을 실천하셨던 분이 바로 우리 외할아버지였다고 명숙 이모는 자랑스럽게 말씀하십니다.

명자 이모는 할아버지를 사랑으로 가득 찼던 분이라고 말씀하십니다.

어느 늦은 밤, 집으로 돌아오신 할아버지가 깊은 잠에 빠져 있던 아홉 오누이를 모두 깨웠다고 해요. 첫째부터 아홉째까지 아홉 오누이를 일렬도 세운 후 한 명씩 노래를 부르게 하고서는 어디서 구하셨는지 바지 주머니를 가득 채운 알사탕을 꺼내어 입안으로 쏘-옥 넣어 주며 "잘했어, 우리 공주!"라는 칭찬의 말도 함께 했다고 합니다.

어렵게 구한 달콤한 사탕을 아이들에게 빨리 먹이고 싶었던 할아버지의 마음을 읽을 수 있었다고 하네요.

그리고 '일 공주, 이 공주… 팔 공주!'라며 흐뭇하게 바라봐 주셨던 할아버지의 모습을 잊을 수가 없다고 합니다.

딸들에 대한 사랑이 지극했던 분이셨다고 명자 이모는 덧붙이십니다.

하지만 엄마는 사춘기 시절, 외할아버지를 많이 미워했다고 해요. 어려운 가정형편은 살피지 않고 마을 일에만 앞장서며 밖으로만 돌고 돌았던 외할아버지가 너무 무책임해 보여 많이 미워했다고 해요.

어른이 되고, 사람마다 삶의 빛깔이 제각기 다르다는 것을 알게 되었을 때 비로소 엄마는 외할아버지의 삶을 이해하게 되었대요. 그리고 올곧은 사람으로 살았던 외할아버지의 삶을 이해하게 되었다고 해요.

할아버지의 삶의 가치를 뒤늦게 알게 된 엄마는 할아버지가 살아 계실 때 '존경합니다!'라는 말을 전하지 못한 것이 가장 후회된다고 하세요.

오래전에 외할아버지가 동네 어르신들과 어렵게 만들어 놓은 마을 길을 걸으며 엄마는 외할아버지에게 '미안해요!'라는 화해의 말을 살며시 전하곤 한답니다.

사랑한다는 뒤늦은 고백도 한답니다.

아버지, 죄송합니다.

그리고 사랑합니다!

할머니의 또 다른 아픈 손가락

고모할머니!

해마다 봄이 돌아오면 엄마는 쑥 향기 가득한 ‘쑥버무리’를 가슴에 품고 집으로 들어오십니다. 쑥버무리를 먹을 생각에 벌써 엄마의 얼굴은 즐거움으로 가득 차 있습니다.

“올해도 고모할머니가 쑥버무리를 많이 해서 주셨어.”

그리고는 먹어보라는 말도 없이 쑥버무리를 입으로 넣기에 바쁘십니다. 정말 맛있게 드십니다.

고모할머니는 할머니 댁에서 ‘고모할머니’라고 크게 부르면 ‘응’ 하고 대답할 정도로 아주 가까운 곳에 살고 있답니다. 일흔 살이 넘은 지금도 해녀 일을 하고 있고 심심하다는 이유로 ‘해녀민박’을 운영하고 있답니다.

할머니의 시누이, 고모할머니는 아주 어렸을 적에 증조할머니가 거두신 딸이라고 합니다. 식구가 북적이는 집으로 들어와서는 온갖 궂은 일은 다 하셨어요. 할머니를 대신하여 집안 살림을 하고 아이들을 키워 주느라 많은 고생을 하셨죠.

어릴 적 홀로 외롭게 자란 할머니는 고모할머니가 동생 같고, 친구 같아 좋았어요. 그리고 무섭기만 했던 증조할머니의 흉도 고모할머니 앞에서는 맘 편히 볼 수 있었죠.

힘이 들 때면, 그리고 지칠 때면 늘 할머니는 고모할머니에게 속내를 털어놓으며 위로를 받곤 하셨어요. 말이 없던 고모할머니도 할머니의 힘든 삶을 아는지 할머니 앞에서는 말 많은 소녀가 되어 용기를 주고 희망을 주셨어요.

할머니는 문득문득 고모할머니의 눈에서 보이는 슬픔을 발견하고서는 외면할 수가 없었답니다. 가족을 떠나 멀리 제주도에 홀로 있는 고모할머니의 외로움을 알고 있었기 때문이죠. 그래서 할머니는 고모할머니에게 말하곤 하였죠.

"점순아, 커서 어른이 되면 가족을 꼭 찾도록 하자!"

고모할머니도 할머니의 말을 듣고서 언젠가는 가족을 꼭 찾겠다는 다짐을 했죠.

고모할머니는 평소 목수 일을 하셨던 착한 청년을 만나 결혼을 했답니다. 성실하고 꼼꼼한 고모할아버지와의 결혼은 낯선 타지에서 느꼈던 외로움을 달래주었고, 아들 하나, 딸 하나를 낳아 행복한 가정을 이루었어요.

가끔은 고집쟁이 고모할아버지가 쓸데없는 고집을 부려 고모할머니의 마음을 상하게도 하지만 누구보다도 성실한 고모할아버지는 고모할머니의 든든한 편이었고, 버팀목이 되어 주었죠.

어느 날 고모할머니가 할머니를 찾아오셨어요. 그리고 어릴 적 헤어졌던 가족을 찾았다며 눈물을 흘리셨어요. 할머니도 울고, 고모할머니도 울고, 눈물바다가 되었죠. 고모할머니의 오래된 소원이 이루어져 할머니는 정말 기뻤어요. 그리고 착하기만 했던 동생인 고모할머니의 행복을 빌어주었죠.

치매를 앓기 전, 할머니는 엄마에게 자주 말씀하셨어요.

"고모에게 정말 잘해야 한다. 너희들 어릴 적에 함께 키워주느라 고생을 많이 했어. 절대 그 은혜를 잊어서는 안 된다."

치매를 앓고 난 후에도, 잠시 기억이 되돌아오실 때마다 할머니는 고모할머니를 기억하며 안부를 묻고는 '잘 모셔야 한다.'라는 당부를 꼭 하신답니다.

힘들고 어려웠던 시절, 할머니와 고모할머니는 서로 의지하며 언니와 동생으로 함께하셨답니다. 할머니는 잘해주지 못하고 고생만 시킨 듯하여 고모할머니에게 미안하고 또 미안한가 봐요. 언니가 되어 동생을 챙기지 못한 듯하여 미안하고 또 미안한가 봐요.

고모할머니는 할머니의 또 다른 아픈 손가락인 거죠. 그래서 고모할머니에게 할머니의 마음을 이렇게 전해봅니다.

사랑하는 내 동생 점순아

어린 시절, 가족을 떠나 낯선 성산포로 와서 사느라

고생이 많았지?

우리 식구 살림을 맡아서 살아주고,

어린 우리 아이들 씻기고 먹이고 키워주느라

정말 고생이 참 많았다.

다음 생에는 내가 너의 언니로 태어나

너를 위한 삶을 살도록 하마.

그때는 내가 너를 위해 모든 것을 다 해주마.

내 동생 점순아, 정말 고맙고 또 고맙다!

- 연옥 언니가 -

명오 이모의 잔칫날

외할아버지의 눈물!

며칠 전부터 온 집안이 부산스러웠어요. 명숙 이모의 진두 지휘 아래 열한 살 엄마와 이모들은 집안 곳곳을 쓸고 닦기 시작했고, 할아버지와 외삼촌은 때가 낀 유리창을 반짝반짝하게 빛이 날 정도로 씻어 냈고, 집 밖에 있던 쓰레기며 보기 싫은 물건들을 정리하기 시작했죠.

아홉 오누이의 살림살이로 가득 차 있던 집안이 갑자기 새집이 된 것처럼 깔끔하고 반듯해졌답니다. 모두 부산스럽게 움직이고 있는데 유독 명오 이모만 얼굴에 잔뜩 무엇인가를 붙이고는 여유 있게 뒷방에 누워 있었답니다.

저녁이 되니 친척들이 집에 모여들기 시작했고, 증조할머니 곁으로 고모할머니, 작은할머니, 긴 골목 안의 큰할머니, 순덕 할머니, 그리고 할아버지를 도와 임씨 집안 대소사를 진행했던 태환이 할아버지까지 모두 모여 앉았답니다. 3일 후면 아홉 오누이의 맏이인 명오 이모의 결혼식이라 집에서 치를 가문잔치를 준비하기 위해서였죠.

옛날 성산포에서는 결혼식 전날, 집에서 가문잔치를 열었답니다. '잔치 먹으러 오세요.'라는 말은 '우리 집에 결혼식이 있습니다.'라는 것을 의미했고, '잔치 먹으러 간다.'라는 말은 '가문잔치에 참석한다.'라는 의미가 되었죠. 먹거리가 흔하지 않았던 때라 맛있는 음식을 대접하고 먹는 일에 큰 의미를 두었던 것 같아요.

돼지 잡는 날 하루, 가문잔치 날 하루, 그리고 결혼식 날 하루, 이렇게 총 3일을 잔칫날로 잡고 모두 맛있는 음식을 먹으며 잔치를 즐겼답니다.

할머니, 할아버지는 첫 아이 잔치를 잘 치러야 한다는 의무감으로 긴장을 많이 하고 있었고, 해녀 대장이셨던 증조할머니도 집에서 손님을 맞이하며 치르는 잔치는 처음이라 긴장을 하긴 마찬가지였죠.

"대충 손님이 400명 정도 올 것 같은데…."

할아버지가 입을 열자 옆에 앉아 계셨던 태환이 할아버지가 할아버지의 말을 끊습니다.

"아이고 형님, 400명이라니요. 동네 사람들이며 형님 뒤로 올 사람들이 얼마나 많은데요. 700명은 족히 올 것 같습니다."

"그럼 700명이 올 거라고 생각을 해서 돼지를 잡고, 잔치 음식을 준비하도록 합시다."

그렇게 시작된 명오 이모의 잔치 준비는 손님 200명당 돼지 한 마리를 먹는 셈 쳐서 돼지 네 마리를 잡고, 밥은 맛있는 잔치 밥을 만들기로 소문난 순덕 할머니가, 반찬 만들기는 음식 솜씨가 뛰어난 고모할머니가, 걸쭉한 몸국(모자반 국) 만들기는 큰할머니가, 순대 만들기는 손이 빠른 작은할머니가, 손님맞이는 태환이 할아버지가, 그리고 음식 나르기는 일곱 명의 딸들이, 잔심부름은 외삼촌이 하기로 정했답니다.

그리고 돼지고기를 삶고 보기 좋게 자르는 일은 동네에서 잔치가 있을 때마다 도감 역할을 했던 도비 할아버지가 맡기로 했답니다.

증조할머니가 멀리 서귀포까지 가서 어느 유명한 점집에서 받아온 명오 이모의 결혼식 날은 11월 23일이었고, 이날은 액운이 없어 결혼하기 가장 좋은 길일이었답니다. 첫 손녀의 탄생을 그리 반기지 않으셨던 증조할머니도 첫아이 잔치는 잘 치러야 한다고 생각을 하셨는지 꽤 신중하고 조심스러워했답니다.

돼지 잡는 날 아침, 11월의 끝으로 향하고 있는 성산포는 꽤 쌀쌀했답니다. 할아버지는 하늘을 바라보며 비가 오면 안 된다고 당부를 먼저 합니다. 그리고는 수마포로 내려가 돼지를 잡아줄 천도 할아버지와 인부에게 담배며 막걸리를 먼저 건네고는 잘 잡아주라며 당부를 하고서 집으로 돌아왔습니다.

집으로 돌아온 할아버지는 앞마당에는 손님용 천막을 치고, 뒷마당에는 돼지 삶을 커다란 가마솥을 앉히고, 그리고 텃밭에는 음식을 만드는 사람들이 불편하지 않도록 천막을 치고 가마니를 깔아 줍니다.

오후가 되어 잘 장만된 돼지가 집으로 들어오면 행여 동티라도 날까 봐 막걸리를 돼지 주변에 뿌려준 후 커다란 가마솥 안으로 잡은 돼지를 집어넣고 오랫동안 삶기 시작합니다.

돼지고기를 잘 삶기로 소문난 도비 할아버지는 장작불을 잘 조절하며 돼지를 삶는데 그 누구도 도비 할아버지의 비위를 상하게 해서는 안 된답니다. 가문잔치에서 가장 중요한 돼지고기를 담당하고 있는 도비 할아버지가 일을 그르치는 날에는 가문잔치 전체가 위험하기 때문이죠.

그래서 할아버지는 수시로 도비 할아버지에게 담배를 권하거나 커피를 권하고 필요한 게 없는지 물어보며 살뜰하게 챙긴답니다. 그리고 돼지 아강발을 좋아했던 작은할아버지는 도비 할아버지에게 미리 돼지 아강발 두 개를 예약해 놓습니다.

돼지고기를 삶는 동안 손이 빠른 작은할머니와 어른들이 모여 돼지 내장에 돼지 피를 넣으며 순대를 만들기 시작합니다. 빨건 돼지 피를 내장 안에 넣고서는 밑으로 쭉쭉 내려보내는 동네 아저씨들의 바쁜 손길이 역겨워 열한 살 엄마는 순대는 절대로 먹지 않겠다고 다짐을 했답니다.

돼지고기가 익어가면서 온 집 안은 돼지고기 냄새로 가득합니다. 도비 할아버지는 잘 삶은 돼지고기를 꺼내어 대나무가 곱게 깔린 나무판자 위로 눕혀 놓고는 그중에 몇 점을 보기 좋게 썰어 잔칫집 식구들에게 굵은 소금과 함께 맛을 보라고 권합니다.

따끈한 돼지고기의 고소함은 가난하여 고기를 많이 먹어보지 못했던 열한 살 엄마와 이모들에게 행복감을 주었고, 내일이면 많은 고기를 먹을 수 있다는 희망을 주었습니다.

도비 할아버지는 돼지 삶은 가마솥에 방금 만든 순대를 한 솥 가득 넣고서는 삶기 시작하는데 가마솥 밖으로 넘어오는 진한 냄새는 모처럼 맛있는 음식을 먹을 수 있다는 기대감으로 동네 어른들을 즐겁게 합니다.

잘 삶아진 순대를 꺼내고 나면 할머니는 잘게 썬 모자반과 배추를 가마솥에 한가득 넣어서 '돗국물'을 만들기 시작합니다. 돗국물을 먹고 싶은 동네 사람들은 냄비를 들고 얻으러 오시고, 할머니는 동네 어르신들 댁으로 돗국물을 한 그릇씩 보냅니다.

열한 살 엄마는 돗국물에 밥을 말아 먹으며 영희 이모에게 물어봅니다.

"언니, 이게 왜 독국물이야. 독이 들어 있는 건 아니지?"

영희 언니는 한참 웃다가 대답합니다.

"바보야, 독국물이 아니고 돗국물이야. 돼지 삶은 국물이라는 뜻이라고."

제주에서는 돼지를 '돗', '도새기'라고 한답니다.

돼지 잡는 날, 열한 살 엄마는 '독국물' 때문에 바보가 되어버렸고, 이렇게 돗국물로 모두 저녁을 해결하고 가문잔치 날의 폭식을 기다렸답니다.

잘 삶아진 돼지고기와 야무지게 만들어진 순대, 그리고 정갈하게 만들어진 반찬들과 깨끗하게 손질된 채소들이 모두 준비가 되면 내일 있을 명오 이모의 가문잔치 준비는 얼추 끝을 봅니다.

다음 날 있을 가문잔치를 잘 치르려면 일찍 자야 한다고 증조할머니는 말씀하셨지만 명오 이모는 떨리는지 잠을 이루지 못했고, 처음 치르는 잔치로 들뜬 엄마와 이모들도 잠을 이루지 못하기는 마찬가지였죠.

가문잔치 날,

아침 일찍 일어나신 할아버지와 동네 어르신들이 함께 대나무와 소나무를 다듬기 시작합니다. 집 앞에 솔문을 세우기 위해 나무들을 다듬고 있는 거죠.

"든든하게 잘 세워야 해, 바람에 쓰러지면 안 돼!"

'여기가 잔칫집입니다!'라고 알려주는 솔문을 잘 세워야 오는 손님, 가는 손님이 편안하다고 생각하신 할아버지는 정성을 담아 멋지게 세워놓았습니다. 솔문까지 잘 세워졌으니 이제 손님 맞을 준비는 끝이 났답니다.

손님들을 맞이할 여러 개의 넓은 탁자들이 방과 마루에 펼쳐졌고, 잘 삶아진 돼지고기와 순대, 맛있게 뜸이 든 하얀 쌀밥과 몸국, 그리고 고모할머니의 손맛으로 만들어진 정갈한 반찬들이 손님들을 기다리고 있었죠. 그리고 엄마와 이모들은 쟁반을 하나씩 들고서 손님 맞을 준비를 하였답니다.

집으로 출장을 온 미용사는 명오 이모에게 진한 신부 화장과 올림머리를 예쁘게 해주었고 빨간색 한복으로 갈아입은 명오 이모는 텔레비전에서나 볼 수 있는 세련된 모습이었어요.

할머니도 연한 분홍색 한복을 입으시고는 손님맞이 준비를 하셨고, 할아버지는 한 번도 입지 않으셨던 양복을 입고서는 늠름한 모습으로 앞마당에 서 계셨어요. 그리고 생전 멋이라고는 부릴 줄 몰랐던 증조할머니도 은색 한복을 차분히 입고서 임씨 집안의 든든한 기둥이 되어 안방 아랫목에 앉아 계셨죠.

가장 먼저 오신 손님은 할머니와 친하게 지내셨던 뽕뽕이 할머니와 아홉 오누이의 출산을 도와주셨던 얌전이 할머니셨어요. 할머니들을 위해 흰쌀밥과 몸국, 순대 한 접시, 고깃반 두 개, 그리고 다섯 가지의 반찬이 일사천리로 나가기 시작했답니다.

고기 먹는 일이 드물었던 때라 증조할머니는 아홉 오누이에게 당부하셨답니다. 사람 한 명당 고깃반을 한 개씩 반드시

줘야 한다고. 돼지고기 다섯 조각이 담겨있는 고깃반은 잔칫날 외갓집으로 오신 손님들이 기대하고 있는 가장 중요한 것이었기 때문이죠. 행여 고깃반이 제대로 나가지 않으면 잔치에 온 손님이 홀대를 받았다고 오해할 수도 있으니 넉넉히 드리라는 할머니의 당부도 더해졌습니다.

그렇게 손님맞이를 시작하고 점심시간이 되자, 앉을 자리가 없을 정도로 손님들이 몰려왔어요. 손님을 맞는 태환이 할아버지는 집 밖에서 기다리는 손님들에게 미안했는지 아홉 오누이에게 빨리 움직이며 그릇들을 치우라고 잔소리를 하기도 합니다.

증조할머니도 오시는 모든 손님에게 부족한 것 없이 많이 먹고 가라는 덕담을 나누셨고, 어쩌다가 아파서 거동을 못 하시는 어르신들이 있는 집으로는 고기와 순대, 그리고 몸국을 보냈답니다.

예상보다 많은 손님이 오셨고 돼지고기가 부족할 것 같다는 도비 할아버지의 말에 할아버지는 윷판에서 놀고 있던 천도 할아버지에게 돼지를 한 마리 더 잡아달라는 부탁을 하였습니다. 할아버지의 부탁을 들은 천도 할아버지는 말씀하셨죠.

"성산포에서 이제까지 돼지 다섯 마리를 먹어 치우는 잔치는 없었는데, 첫 잔치라 그런지 손님이 많이 오네요."

늦은 밤까지 계속된 손님맞이는 아홉 시가 되어서야 끝이 났고, 앞마당에서 멍석을 깔고 윷을 놀던 동네 어르신들은 밤새워 놀려는지 자리를 뜨지 않았어요.

마지막으로 지은 밥을 밥그릇에 담으며 순덕 할머니가 큰 소리로 말을 합니다.

"많이도 왔다. 성산포 잔치 중에서 최고로 손님이 많이 왔나 보다. 내가 밥을 950그릇이나 했어."

태환이 할아버지가 예상한 손님보다도 더 많은 손님이 명오 이모의 가문잔치를 빛내 주었고, 외할아버지의 어깨에는 그동안 보이지 않았던 힘이 잔뜩 들어간 듯합니다.

손님들이 모두 돌아가고 앞마당 윷놀이 판에서는 반칙했다며 동네 어르신들이 서로 고성을 이어가는데 외할아버지는 첫 딸을 시집보내며 마음이 허전하신지 막걸리를 마시기 시작하셨답니다.

여덟 명이나 되는 딸 중에 그저 한 명이 시집을 가는 것뿐인데도 딸 사랑이 지극했던 외할아버지는 눈에 눈물이 가득한 채 막걸리를 조용히 마셨죠. 그리고 가문잔치 날, 신랑과 신랑 친구들이 집으로 와서 친척들에게 미리 인사를 드려야 했는데 우도에 사는 예비 사위는 배가 끊겨 오지 못했고 사위에게 할 말이 많았던 외할아버지는 못내 아쉬웠는지 막걸리 한잔을 더 비웁니다.

하루 종일 바쁘게 움직였던 아홉 오누이도 늦은 밤이 되어서야 저녁을 먹을 수 있었고 옹기종기 모여 앉아 밥을 먹으며 오늘 오셨던 손님들에 대해 말하기 시작했답니다.

"필순 할머니는 고깃반이 적다고 해서 한 개 더 드렸어."

"종필 할아버지는 고기에 기름만 가득하다며 불평을 하셔서 고깃반을 세 접시나 더 가져다드렸어."

"애옥 할머니는 순대가 맛있다며 싸서 가지고 가신다고 하시길래 종이봉투를 가져다드렸어."

명숙 이모가 열한 살 엄마를 째려보며 말합니다.

"동네 아이들이 다 왔던 것 같아. 특히, 맹실이 친구가 제일 많이 왔던 것 같아."

첫 잔치라 신이 났던 열한 살 엄마는 동네 친구들에게 자랑하며 이 아이 저 아이에게 맛있는 음식을 먹으러 오라고 허세를 부렸던 거죠.

빨리 정리하고 잠을 자라는 할머니의 재촉이 있었지만 명오 이모와의 마지막 밤을 그냥 보내기 아쉬운 아홉 오누이는 명오 이모의 곁으로 모였습니다. 이런저런 옛날이야기를 하다 "빨리 이 집에서 탈출하고 싶었는데 막상 떠나려니 걱정이 된다."라는 명오 이모의 말에 어린 동생들은 고생만 하다 떠나는 이모의 마음을 알기에 눈물을 흘렸죠. 그리고 행복하게 잘 살라는 축하의 말도 이어졌답니다.

결혼식 날 아침이 밝았답니다. 11월 23월, 명오 이모가 우도 남자에게 시집을 가는 날이랍니다. 엄마와 이모들도 결혼식에 갈 준비를 하였고 열한 살이었던 우리 엄마도 머리를 감고 좀처럼 씻지 않았던 얼굴을 깨끗이 씻고는 할머니가 입으라는 깨끗한 옷을 입고서 결혼식장으로 갈 준비를 하였답니다.

가문잔치 날, 집으로 오셨던 미용사가 어제보다 더 진하고 화려하게 명오 이모의 신부 화장을 마쳤고, 고데기를 가지고 요리조리 만지기 시작하더니 아주 예쁜 신부 머리를 만들어 주었습니다. 그리고 눈이 부시게 새하얀 드레스를 이모에게 입히고서 면사포를 쓰게 하고는 작은 왕관까지 머리 위에 씌워 주었습니다. 성산포에서 제일 예쁜 신부가 바로 우리 외갓집에 탄생하게 되었죠.

아침 일찍 우도에서 첫 배를 타고 온 큰 이모부가 부신랑을 대동하고서 큰 이모를 결혼식장까지 모시고 가기 위해 외갓집으로 오셨어요.

아침 일찍 일어난 할머니와 고모할머니는 결혼식 전 집으로 오는 사위를 위해 상다리가 부러질 만큼 요란스럽게 신랑상을 준비하였고, 신랑상 앞에 다부지게 앉아 있는 첫 번째 형부가 늠름해 보여 열한 살 엄마는 '다행이다!'라는 듯 미소를 지었습니다.

하얀 드레스를 곱게 입는 명오 이모가 신랑의 손을 잡고 집 밖으로 조심히 나서는데, 오랫동안 살았던 고향 집과의 이별이 가슴 아픈지 하늘에서는 눈송이를 하나둘씩 내려주었죠.

겨울이 오기도 전에 날리는 눈꽃을 보며 "시집가는 날 눈이 오면 잘살게 된다!"라며 증조할머니는 명오 이모에게 이제껏

한 번도 해주지 않았던 덕담을 해주었습니다.

사진관을 개조하여 만든 성산포 유일의 예식장은 매우 작았고 외갓집 식구들만으로도 가득 차 버렸죠. 우도에서 배를 타고 조금 늦게 도착한 사돈댁 식구들에게 자리를 양보하라는 할아버지의 말씀에 엄마와 이모들은 모두 자리를 비워드린 후 빈틈을 찾아 서 있었답니다.

신부 입장이라는 소리가 들리자 할아버지의 손을 잡은 명오 이모가 걸어오는데 할아버지도, 명오 이모도 모두 긴장했는지 멀리서도 마주 잡은 두 손의 떨림을 느낄 수 있었답니다.

명오 이모의 손을 사위에게 넘기는 할아버지의 두 눈에는 벌써 눈물이 고이기 시작했고, 눈물로 잠긴 할아버지의 두 눈은 명오 이모의 결혼식이 진행되는 내내 그대로였죠.

할머니가 주책맞게 왜 우냐며 할아버지에게 눈치를 줬지만, 할아버지는 눈물을 멈출 수가 없었어요. 할아버지는 고생만 시켜 미안했는지, 잘해준 것이 없어 미안했는지, 하얀 면사포를 쓰고 웨딩드레스를 입은 큰딸의 모습을 차마 볼 수가 없었답니다.

할아버지의 눈물을 본 이모들과 열한 살 엄마의 눈에도 눈물이 흘렀고, 엄마는 끝까지 울지 않고 있는 명오 이모를 보며 조금은 미운 마음이 들기도 했죠. 동생들만 남겨두고 훨훨 날아가 버리는 듯하여 명오 이모에게 배신감을 느끼기도 했답니다.

결혼식이 끝나고 한복으로 곱게 갈아입은 사위와 딸에게 할아버지는 잘 살라고, 정말 잘 살라고 당부를 하셨고, 사위의 두 손을 잡고서 고생만 시킨 첫딸을 잘 부탁한다는 당부도 했답니다.

큰 이모부의 직장이 부산에 있어서 결혼식을 마친 명오 이모는 큰 이모부와 함께 부산으로 가기 위해 성산항으로 갔답니다.

오후 5시에 있는 부산행 여객선을 기다리고 있었죠. 행여 '할머니와 할아버지의 얼굴을 볼 수 있을까?' 하고 기대했던 명오 이모는 명숙 이모와 외삼촌의 배웅을 받으며 배에 올랐답니다.

그리고 명오 이모의 손에는 큰딸이 멀리 떠나는 것을 담담하게 볼 수 없었던 할아버지의 편지 한 장이 쥐여 있었습니다. 외삼촌이 명오 이모에게 할아버지의 선물이라며 살며시 전해주었던 거죠.

명오 이모의 결혼식이 끝나고 집으로 돌아온 할아버지는 막걸리를 드시면서 할아버지가 가장 좋아하셨던 '목포의 눈물'을 부르며 한참 동안 울었답니다. 고생만 했던 첫딸과의 이별이 할아버지의 가슴에 오랫동안 슬픈 비를 내려주었죠.

주책 좀 그만 부리라고 할아버지에게 잔소리하던 할머니도 부엌 귀퉁이에 홀로 앉아 아무도 몰래 눈물을 훔치셨어요.

첫딸로 태어나 사랑도 못 받고 고생만 하다 시집가는 큰딸에게 살림살이 하나 제대로 못 해준 것 같아 할머니는 가슴이 시리고 아팠죠. 그리고 아는 사람 하나 없는 타지에서 행여 외로움에 빠져 힘들어할까 봐 걱정도 되었고요.

11월, 아직 겨울이 오려면 한참 멀었는데 할머니의 가슴에는 벌써 겨울이 와 있었답니다.

부산으로 가는 배에 오른 명오 이모는 멀어지는 성산일출봉을 보며 '이제는 정말 이별이구나!'라는 생각이 들어 가슴 한구석이 시렸답니다.

그리고 할아버지와 할머니에게 제대로 작별 인사를 못 하고 떠나온 것 같아 내심 마음이 불편해졌습니다. 그리고는 외삼촌이 전해준 편지 한 장을 살며시 펼쳐 봅니다.

사랑하는 내 딸 명오에게

첫딸로 태어나 고생만 한 네가 결혼을 하여

이렇게 멀리 떠난다고 하니 눈물이 앞서는구나.

좋아하는 공부를 시키지도 못하고,

좋은 옷도 입히지 못하고, 그리고 좋은 음식도 먹이지

못한 아비라서 정말 미안하고 또 미안하단다.

맏이라는 책임감 때문에 많이 힘들었을 텐데

그래도 잘 해줘서 고맙다.

이제는 성산포 걱정일랑 하지 말고 오로지 너를 위한
삶을 살기 바란다.
가난한 부모라서 못 해준 것이 너무 많아
미안하고 또 미안하다.
우리 큰딸, 잘 살아라. 그리고 사랑한다!

\- 아버지가 -

처음으로 들어보는 '사랑한다!'라는 외할아버지의 말에 명오 이모의 가슴속에 쌓여 있던 그 많던 설움들이 사르르 녹아 눈물이 되어 흘러내렸습니다.

맏이라서 늘 명오 이모에게는 무뚝뚝했던 할아버지는 항상 가슴으로 큰딸을 사랑하고 있었던 거죠.

이제는 아홉 오누이의 맏이라는 자리를 내려놓고 자신의 삶을 찾아가려고 명오 이모는 굳게 마음을 먹었는데 집을 떠나온 지 채 하루도 되지 않았는데도 벌써 집에 남겨두고 온 동생들이 눈에 밟혔습니다. 이모의 가슴속에서도 할아버지의 가슴에 내리는 슬픈 비가 똑같이 내리고 있었죠.

결혼식에서 눈물 한 방울 보이지 않았던 명오 이모는 참았던 슬픔을 토해내며 오랫동안 눈물을 흘렸답니다.

할아버지는

고생만 시켜 미안했는지,

잘해준 것이 없어 미안했는지,

하얀 면사포를 쓰고 웨딩드레스를 입은

큰딸의 모습을 차마 볼 수가 없었답니다.

우리 큰딸, 잘 살아라.

그리고 사랑한다!

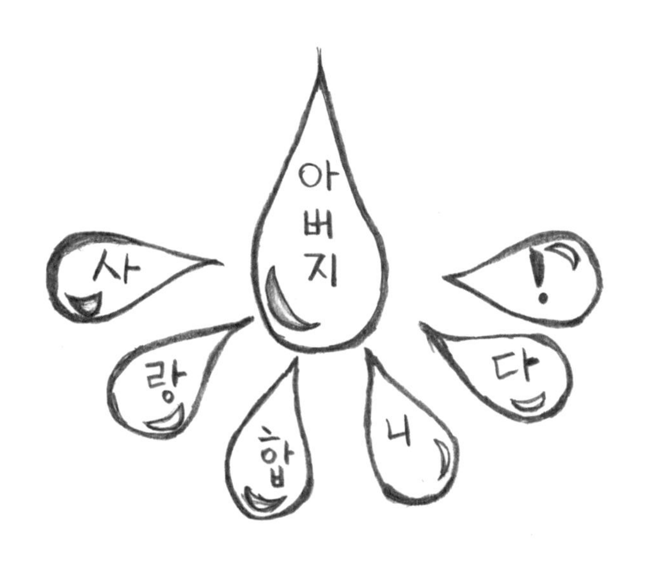

외갓집의 싸움닭

명숙 이모!

1남 8녀 중 둘째로 태어난 명숙 이모는 울보였답니다. 맏이인 명오 이모와 외갓집 유일한 사내아이 사이에 끼어 그 누구의 관심도 받을 수 없었던 명숙 이모는 스스로 살아가는 방법을 터득해야만 했죠. 명숙 이모의 커다란 울음소리는 아마도 자신을 바라봐 달라는 욕구에서 시작된 것 같아요.

어릴 적 울보였던 명숙 이모는 유독 목소리가 커서 외갓집의 행동대장이 되었답니다. 매일 오후 5시가 되면 동생들은 줄줄이 명숙 이모 앞에서 손가락 검사와 발가락 검사를 받아야 했답니다. 행여 흙이라도 묻어 있는 날에는 명숙 이모에게 아주 호되게 혼이 나야만 했죠. 깔끔이 명숙 이모는 집 안으로 먼지 한 톨도 들어오는 것을 용납하지 않았죠.

하루도 빠짐없이 명숙 이모는 일곱 명의 동생들에게 청소 구역을 나누어 주고 청소를 시키곤 하였죠. 안방은 영희 이모, 작은 방은 명자 이모, 뒷방은 명옥 이모, 마루는 외삼촌….

어느 날은 커다란 마루 청소를 혼자 하던 외삼촌이 명숙 이모에게 싫은 소리를 해댔답니다.

“누나는 왜 청소를 하지 않고 우리에게만 청소를 시키는 거야?”

“나는 청소 감독이야.”

“왜 청소 감독은 누나만 하는데?”

“누나니까!”

청소하다 외삼촌과 명숙 이모의 말다툼은 커졌고 청소는 하지 않고 시키기만 하는 명숙 이모가 미웠던 외삼촌은 급기야 명숙 이모의 얼굴에 들고 있던 걸레를 던지고 말았어요.

화가 난 명숙 이모는 외삼촌에게 달려들었고, 도망가려던 외삼촌은 너무 당황한 나머지 현관문에 걸려 넘어지고 말았어요. 그리고는 그 누구도 상상하지 못할 일이 벌어지고 말았어요. 성난 사자로 돌변한 명숙 이모가 외삼촌의 귀를 아주 세게 물어버렸답니다.

에고, 어쩌다 이런 일이, 외삼촌이 잠자는 사자의 코털을 건드렸던 거죠.

“악-”

외삼촌의 비명을 듣고 부엌에서 저녁 준비를 하시던 할머니가 급하게 달려왔고 명숙 이모의 머리채를 붙잡고는 외삼촌과 떼어 놓았어요. 하지만 이미 외삼촌의 귓바퀴에는 커다란 상처가 나 있었고 선홍색 피가 흘러내려 외삼촌의 옷을 흥건하게 적시고 있었죠.

귀하디귀한 아들의 귀에서 흘러내리는 피를 본 할머니는 매우 화가 나서 빗자루를 들고서 명숙 이모를 아주 호되게 혼냈지만, 매를 맞으면서도 잘못했다고 말하지 않는 명숙 이모를 보며 할머니는 말씀하셨어요.

"독하다 독해, 누굴 닮아서 저렇게 독한 걸까? 어쩌면 저렇게 독한 할머니를 꼭 빼닮았을까?"

할머니는 끝내 명숙 이모로부터 잘못했다는 말을 듣지 못했고, 증조할머니를 꼭 닮은 명숙 이모를 보며 할머니의 눈에서는 불이 타올랐죠.

열세 살 명숙 이모와 열한 살 외삼촌의 싸움은 명숙 이모의 승으로 돌아갔고, 성산포에는 대단한 싸움닭이 탄생했다는 소문이 돌기 시작했답니다. 명숙 이모는 이때부터 싸움닭이라는 별명을 달고 살게 되었죠.

가난했던 시절, 성산포 사람들은 모두 연탄을 배급받으며 살아야만 했답니다. 성산포에 연탄을 가득 담은 트럭이 들어오면 동네 사람들은 연탄을 배급받기 위해 줄을 서야 했죠.

할머니는 해녀 일을 나가셨고 할머니 대신 연탄 배급을 받기 위해 명오 이모와 함께 긴 줄에 서 있던 명숙 이모는 동네 어른들이 길게 서 있는 줄을 무시하고는 앞으로 새치기를 하는 것을 발견하게 되었죠. 외갓집의 싸움닭은 또다시 되살아나는 화를 참지 못하고 크게 소리쳤답니다.

"그렇게 새치기를 하면 어떻게 해요. 어른들이라면 어른들답게 행동해야 하는 거 아닌가요?"

"우리가 언제 새치기를 했다고 그러냐?"

새치기했다는 명숙 이모와 새치기를 하지 않았다는 어른들 사이에 큰 소리가 오고 갔고, 곁에서 명숙 이모를 지켜보고 있던 증조할머니는 그만하라며 명숙 이모의 손을 잡고 집으로 돌아가자며 끌어당겼죠.

증조할머니의 손에 끌려 집으로 돌아가면서도 새치기 좀 그만하라는 명숙 이모의 고성은 계속되었답니다. 독하기로 소문난 증조할머니도 열세 살 명숙 이모에게는 두 손을 들었죠.

이 일로 임씨 집안의 대단한 싸움닭을 함부로 건드려서는 안 된다는 것을 동네 사람들은 알게 되었죠.

명숙 이모는 할머니와 우뭇개에서 해산물 장사를 하면서도 우뭇개의 싸움닭이 되어야만 했답니다. 가난하고 어려웠던 시절, 누군가는 독한 싸움닭이 되어 돈을 벌어야만 했고 삶을 이어가야만 했죠. 그리고 어린 동생들의 먹거리, 입을 거리를 마련해야만 했던 거죠.

엄마가 들려주는 전설 같은 명숙 이모의 이야기를 들을 때마다 "정말이에요? 명숙 이모가 정말 그렇게 무서운 분이셨어요?"라며 되묻게 된답니다.

왜냐하면, 제가 기억하고 있는 명숙 이모는 누군가의 마음을 다치게 할까 봐 조심하고 또 조심하는 분이기 때문이죠. 때로는 부끄러움이 많은 소녀처럼 얼굴을 붉히기도 한답니다.

그 옛날 외삼촌과의 싸움을 떠올리는 명숙 이모는 외삼촌에게 미안하고 또 미안하여 상처의 흔적이 있는 외삼촌의 오른쪽 귀를 바라볼 수가 없다고 해요. 그리고 지울 수만 있다면 그 옛날 싸움닭이었던 기억들을 지우개로 모두 지우고 싶다고도 하신답니다.

이제 일흔을 바라보는 명숙 이모는 하나님의 절친이 되었습니다. 그 옛날 싸움닭의 모습은 전혀 보이지 않고 오히려 사랑을 널리 알리는 사람이 되었죠.

성산포의 싸움닭이었던 명숙 이모는 가난하고 어려운 사람들을 위해 사랑을 펼치는 사람이 되었답니다. 삶이 어려운 사람을 만나면 가슴 아파하며 사랑을 펼치고, 아픈 사람을 보면 대신 아파주고 싶다며 또 다른 사랑을 펼치고 있어요.

명숙 이모의 제2의 인생은 넘치는 사랑으로 똘똘 뭉친 사랑꾼으로 살아가는 삶이 될 거라고 저는 믿습니다.

외갓집의 XY

외삼촌 날아오르다!

1남 8녀 중 유일한 아들로 태어나 모든 관심과 사랑을 받으며 살아가는 외삼촌은 여덟 명의 딸들에게는 부러움의 대상이 되었죠.

증조할머니와 할머니의 무한한 관심과 사랑을 독차지한 외삼촌은 그 사랑을 나누어 받고 싶어 했던 엄마와 이모들의 '공공의 적'이 되었고, 모든 것을 혼자 독차지한 외삼촌이 미워 어릴 적 명숙 이모는 세 살 난 남동생의 볼을 몰래 꼬집기도 했답니다.

어린 시절부터 유독 깔끔했던 외삼촌은 책상 위 미세한 먼지를 손가락으로 쓸어내 보이면서 청소가 안 되었다고 지적

질을 자주 해 엄마와 이모들에게 또다시 공공의 적이 되었죠. 그래서 엄마와 이모들은 '좀생이'라며 외삼촌의 흉을 보기도 했답니다.

사리 분별이 확실한 아이였던 외삼촌은 할아버지의 대책 없는 딸 사랑으로 자칫 제멋대로 행동하려는 여동생들을 잡는 교관이 되어야만 했고, 어떤 날은 여동생들을 모아 놓고 단체 기합을 주기도 했답니다. 그런 외삼촌은 또다시 엄마와 이모들의 공공이 적이 되어야만 했죠.

이렇게 엄마와 이모들의 공공의 적이 된 외삼촌은 증조할머니와 할머니의 사랑과 관심을 홀로 받으며 과연 행복했을까요?

손자의 성공만 바라보는 기가 매우 센 증조할머니가 곁에 있고, 생활력이라고는 조금도 없는 할아버지는 그림자처럼 뒤로 물러나 있고, 아홉 자식 중 사내아이에게 가족의 모든 것을 건 할머니의 눈빛을 읽었다면, 그리고 어린 여동생 여섯 명이 줄줄이 자신의 삶과 엮여 있다는 것을 새삼 느끼게 되었다면 그 사내아이가 가지게 되는 부담감은 어땠을까요?

가족들과 친지들의 끝없는 관심과 기대 속에서 그 어떤 곳에서도 잘못된 행동을 해서는 안 되는 모범생이 되어야만 했고, 그래서 외삼촌은 착해야만 했고, 성실해야만 했고, 모든 일을 척척 해내는 잘난 아들이어야만 했죠.

특히 증조할머니의 무한한 손자 사랑과 기대는 외삼촌에

게 커다란 부담감을 주었어요. 아홉 아이 중 유일한 아들인 외삼촌에게 가족의 미래를 걸고 있는 할머니의 기대 또한 자신보다는 가족을 먼저 챙겨야 하는 자리로 외삼촌을 몰고 갔답니다.

열다섯 살, 사춘기에 접한 외삼촌은 생각하게 되었죠.

'우리 부모님은 가난한데 왜 이렇게 많은 아이를 낳았을까?'

'아버지는 이 많은 아이를 낳아 놓고는 왜 가장의 역할을 제대로 하지 않는 걸까?'

어느 날부터 생활력을 잃은 할아버지를 보며 외삼촌은 '가장의 역할을 해야 할 것 같다!'라는 생각을 가슴에 새겼고, 그것은 열다섯 살 중학생이 견뎌내기에는 힘든 무게였죠.

늦게 배운 술로 할아버지는 어느 순간부터 늘 술에 취해 계셨고, 술은 할아버지를 아프게 하며 피를 토하게도 했답니다. 그런 할아버지의 모습을 보며 화가 났던 외삼촌은 어느 날 처음으로 할아버지에게 답답함을 토해냈습니다.

"아버지, 이렇게 계속 술만 드시면서 누워만 계실 거예요? 계속 이렇게 행동하시면 저도 아버지 따라 술 마시면서 못된 망아지처럼 살겠습니다!"

어린아이라고만 생각했던 외삼촌의 일침은 할아버지의 가슴에 깊게 박혔고, 할아버지는 술을 끊고 다시 시작해보겠다는 의지를 내보이기 시작했답니다.

자라면서 외삼촌은 항상 바쁘게 움직이시는 할머니를 보며 안쓰러움과 연민으로 가슴이 아프곤 했죠. 그래서 외삼촌은 결심했답니다.

"꼭 성공해서 이 가난한 집안을 일으켜야겠어!"

"돈을 많이 벌어 고생만 하시는 어머니를 꼭 행복하게 만들어 드려야겠어!"

세상을 알기에는 아직 이른 열다섯 살, 꿈에 부풀고 희망에 부풀어야 할 어린 나이에 외삼촌은 또래 아이들보다 먼저 알게 된 삶의 무게란 놈과 아무도 모르는 싸움을 시작했답니다.

할머니는 아홉 오누이의 생계를 위해 이런저런 부업을 했는데요. 해녀들이 잡은 소라를 수매한 후 도매상에게 되파는 일은 그 어떤 부업보다 수익을 많이 낼 수 있었답니다. 하지만 무거운 소라를 사서 모으고 옮기는 것은 힘이 드는 일이었고, 외갓집에서 유일한 사내아이의 몫이 되었죠.

해녀들이 소라를 잡는 날이면 외삼촌은 할머니의 일을 돕기 위해 학교에서 조퇴하여 수마포며 우뭇개, 오정캐로 교복을 입은 채 바쁘게 뛰어다녔답니다. 가끔 힘이 들고 지칠 때면 외삼촌은 생각했답니다.

'남동생이 한 명이라도 있었으면 좋았을 텐데, 어머니에게 많은 도움이 되었을 텐데….'라고.

하늘이 그리 곱지 않은 어느 날, 소라로 가득 찬 리어카를 끌고 부둣가 오르막길을 힘겹게 올라가던 외삼촌은 무거운 리어카를 견디지 못해 뒷걸음을 치다 리어카와 함께 부둣가 깊은 바닷물 속으로 떨어지고 말았어요. 그 광경을 지켜본 할머니는 너무 놀라 우리 아들 살려달라고 소리치며 울어댔어요.

하늘이 도왔는지, 바다가 도왔는지, 아니면 할머니의 아들 사랑이 도왔는지는 모르지만, 다행히 열다섯 살 외삼촌은 아무렇지 않은 듯 물 위로 고개를 내밀었고, 땅 위로 올라온 외삼촌을 얼싸안고서 할머니는 놀란 가슴을 쓸어내리며 소리내어 울었죠.

하마터면 어렵게 얻은 아들을 잃어버릴 뻔했던 할머니는 정신을 잡지 못하고 울고 있는데 그런 할머니를 보며 "바닷속으로 빠져버린 리어카와 소라가 아까워서 어떻게 해요?"라며 할머니를 걱정하는 외삼촌의 말이 할머니를 더욱 오열하게 만들었답니다. 어린 아들에게 너무 무거운 짐을 지워준 것 같아 할머니는 매우 슬펐던 거죠.

고등학교에 입학한 외삼촌은 '어떤 직업을 가져야 돈을 많이 벌 수 있을까?'라는 깊은 고민에 잠기게 되었답니다. 꿈보다는 돈을 선택하게 된 거죠. 고생하는 할머니를 도와 여섯 명 동생들의 미래를 꿈꾸게 해주려면 자신의 꿈보다는 돈이 필요하다는 것을 깨닫게 된 거죠.

그러던 중 외삼촌은 항해사가 되면 돈을 많이 벌 수 있다는 동네 삼촌의 이야기를 듣고서 항해사가 되기로 마음을 먹었죠. 집안의 미래와 조금씩 늙어가는 어머니, 그리고 어린 동생들의 미래가 자신의 손에 달려있다고 생각한 외삼촌은 다른 생각을 할 여유가 없었답니다.

그저 평범한 회사원이 되어 평범하게 살고 싶다는 자신의 속마음을 외삼촌은 모르는 척하였답니다.

배를 타고 거친 바다를 항해하는 것, 바다 위에서 사는 삶은 결코 쉬운 일이 아니라고 평소 외삼촌을 아꼈던 담임 선생님이 조언했지만 외삼촌의 결심은 변함이 없었답니다. 그래서 선택한 대학이 '해양대학교'였고, 외삼촌은 열심히 공부하여 마침내 합격하는 영광을 누리게 되었죠.

대학을 졸업하고 항해사가 되어 세상 모든 바다 위를 누빈 외삼촌은 할머니에게 많은 의지가 되어 주었고 어린 동생들이 공부하고 자리를 잡는 기틀이 되어 주었죠. 그리고 어릴 적 엄마와 이모들의 공공의 적이었던 외삼촌은 가난에서 벗어나겠다는 소원도, 할머니를 행복하게 해 드리겠다는 소원도 모두 이루게 되었답니다.

이제 모두 어른이 되어 세상 이치를 알게 된 엄마와 이모들은 외삼촌이 짊어져야만 했던 삶의 무게에 대해 생각하게 되었죠. 그리고 가족을 위해 부단히 노력해 준 외삼촌에게 감사의 말을 전한답니다.

'당신의 노력이 우리 모두에게 큰 힘이 되었답니다. 부단한 당신의 노력에 큰 박수를 보냅니다!'라고.

퇴직하고 고향 성산포에 자리를 잡은 외삼촌, 오랜만에 마음의 여유가 생긴 외삼촌은 가장 좋아하는 성산일출봉 꼭대기에 올라 그동안 잊고 살았던 고향 마을을 내려다봅니다.

어디를 가든 항상 되돌아왔던 그곳 성산포, 어머니의 품속 같고 어머니를 느낄 수 있는 그곳 성산포, 성산포가 있어 외삼촌은 늘 힘을 낼 수 있었다는 것을 새삼 느껴본답니다.

이제 외삼촌은 마지막 하나를 목표로 하고 있답니다.

아주 오래전에 마을을 위해 노력하셨던 할아버지의 대를 이어 성산포 이장이 되어 성산포의 발전을 꿈꾸는 것이죠. 그 옛날 가난한 집안을 일으켜 세운 것처럼 자신의 고향인 성산포를 멋지게 일으켜 세우려고 합니다.

저는 믿습니다.

외삼촌은 멋지게 해낼 수 있을 거라고,

성산일출봉 어느 봉우리에 앉아 있는 이름 모를 새 한 마리가 멋지게 비상하여 바람을 가르고 하늘을 가르며 푸르른 성산포 바다 위를 날아다니는 것처럼 우리 외삼촌도 멋지게 날아올라 현명하고 지혜로운 이장님이 되어 주리라는 것을….

당신의 노력이 우리 모두에게 큰 힘이 되었답니다.

부단한 당신의 노력에 큰 박수를 보냅니다!

최고의 직수

명자 이모와 명옥 이모!

한 살 터울인 명자 이모와 명옥 이모는 달라도 너무 다른 성격을 소유하고 있는 자매입니다.

어린 시절 자주 몸이 아파 골골댔던 명자 이모, 하지만 명옥 이모는 너무 건강하여 아픈 적이라곤 단 한 번도 없었답니다.

늘 할아버지의 뒤를 졸졸 따라다녔던 명자 이모, 하지만 명옥 이모는 할아버지를 따라 집을 나선 적이 단 한 번도 없었답니다.

맛있는 음식을 만드는 것을 좋아했던 명자 이모, 하지만 명옥 이모는 음식 만드는 일을 제일 싫어했답니다.

책 읽기를 싫어했던 명자 이모, 하지만 명옥 이모는 책을 읽으며 수많은 밤을 보냈다고 해요.

외할아버지와 외할머니에게서 똑같은 DNA를 물려받았는데도 어쩌면 이렇게 다를 수 있을까요? 이렇게 다른 두 이모는 어릴 적부터 극과 극이었다고 해요.

명오 이모와 명숙 이모가 결혼하여 집을 떠나고 외삼촌은 부산에서 대학 생활을, 영희 이모는 제주시에서 고등학교 시절을 맞이하고 있던 시절, 성산포 외갓집에서는 명자 이모와 명옥 이모의 살벌한 기 싸움이 이어지고 있었답니다.

나무젓가락만큼이나 말라 가늘었던 명자 이모는 집밖에 모르는 집순이였고, 전복죽 장사를 하는 할머니를 대신하여 집안 살림을 꾸려야만 했답니다. 요리 솜씨가 뛰어났던 명자 이모는 맛있는 음식을 동생들에게 만들어 주며 언니로서의 역할을 제대로 해보려고 마음을 먹었죠. 그리고 언니들이 떠난 자리를 멋지게 채워보려고 노력했답니다.

그런데 밖으로 놀러 다니기를 좋아했던 명옥 이모는 명자 이모에게 도움을 주기는커녕 명자 이모가 하는 모든 일에 사사건건 시비를 걸곤 했답니다. 한 살 터울이긴 하나 언니 대접을 받고 싶었던 명자 이모의 심기를 수시로 불편하게 만드는 명옥 이모는 어디서 배웠는지는 모르지만, 약 올리기 대장이었답니다.

그리고 책 읽기를 좋아했던 명옥 이모는 책을 읽는 순간에는 명자 이모가 아무리 도와달라고 불러대도 들은 척도 하지 않았어요. 그래서 어느 날은 화가 난 명자 이모가 명옥 이모가 소중하게 아끼는 책을 무참히 찢어 버리는 사건이 발생하였고 이 사건은 명자 이모와 명옥 이모가 머리채를 붙잡고 싸우는 커다란 싸움으로 번지기도 했답니다.

아홉 오누이 중 짙은 감수성으로 상상력이 풍부했던 명옥 이모는 어릴 적에 하고 싶은 것이 너무 많았답니다. 이모가 즐겨 읽는 책 속 주인공처럼 피아노를 멋지게 치는 소녀가 되고 싶기도 했고, 기타를 멋지게 치는 단발머리 소녀가 되어보고 싶기도 했고, 유채꽃 만발한 거리를 자전거를 타고 돌아다녀 보고 싶다는 꿈을 꾸기도 했죠.

저는 '빨강머리 앤'이라는 책을 읽을 때마다 '어렸을 때의 명옥 이모와 빨강머리 앤은 많이 닮았다!'라는 생각을 하곤 합니다.

아무튼, 가난한 집안의 다섯 번째 아이는 언니 대접을 못 받아 서운했고, 자유로운 영혼을 가진 여섯 번째 아이는 자신이 꿈꾸고 있는 것들을 하지 못해 늘 속상했답니다.

중학생이었던 두 이모는 아침마다 할머니에게 버스비를 타고 학교에 다녔답니다. 용돈이라는 것을 받아보지 못했던 이모들은 한 시간 거리에 있는 중학교를 걸어 다니며 버스비를 모아 용돈으로 쓰곤 했죠.

세심하고 꼼꼼했던 명자 이모가 버스비를 차곡차곡 모으며 '이 돈으로 무엇을 할까?'라는 생각을 할 때쯤이면 "야, 임명자!"라고 부르며 한 살 터울인 명자 이모를 막 대했던 명옥 이모가 "언니~"라고 부르며 애교를 부린답니다.

그리고는 꼭 읽고 싶은 책이 있는데 돈 좀 빌려주면 안 되겠냐는 부탁을 하곤 했죠. 명옥 이모는 빌려주면 꼭 갚겠다는 약속도 했답니다.

모처럼 언니라는 소리를 들어 기분이 좋았던 순둥이 명자 이모는 그동안 차곡차곡 모았던 용돈을 명옥 이모에게 내어주고 꼭 갚으라는 약속을 재차 받았죠. "언니, 고마워!"라는 명옥 이모의 말에 명자 이모의 마음은 뿌듯해졌답니다.

하지만 명옥 이모는 명자 이모에게서 빌린 돈으로 책을 사서 신나게 읽고서는 명자 이모가 빌려준 돈을 돌려달라고 할 즈음이 되면 돈이 없다며, 없는 돈을 어떻게 갚느냐며 대신 책으로 갚겠다고 우기곤 했죠.

그러면 두 분의 이모는 또다시 싸움을 시작해야만 했어요. 오랫동안 정성껏 모은 돈을 홀라당 빼앗긴 명자 이모는 억울해서 울고, 없는 돈을 달라고 하는 명자 이모를 보며 답답한 명옥 이모는 속상해서 울고, 두 분의 이모가 울다 지칠 때가 되면 두 자매의 싸움은 끝이 나곤 했답니다.

티격태격 싸움질을 했던 두 분의 이모도 똘똘 뭉칠 때가 있었답니다. 동네 아이들이 우리 외갓집을 두고서 '딸딸이네' 집이라고 놀리기라도 하는 날에는 두 분의 이모는 한 편이 되어 동네 아이를 끝까지 찾아가 응징을 하곤 했죠.

그리고 동네에 멋진 오빠가 나타나는 날에는 중학생이었던 두 이모는 자기들만 아는 이야기를 소곤거리며 얼굴을 붉히곤 했답니다.

어릴 적 명자 이모와 명옥 이모의 이야기를 엄마에게서 들을 때면 저는 정말 데구루루 구르며 크게 웃곤 합니다. 만화책에서 볼 수 있는 '톰과 제리'가 연상되기도 하고, 드라마나 영화에서 볼 수 있었던 연년생 자매들의 살벌한 싸움 이야기가 떠오르기 때문이죠.

지금도 두 분의 이모는 정말 다르게 보입니다. 교회에 가는 명자 이모, 성당에 가는 명옥 이모, 다정다감한 명자 이모, 무심한 듯 쿨한 명옥 이모, 말을 정말 심심하게 하는 명자 이모, 말을 정말 재미있게 하는 명옥 이모, 통통한 명자 이모, 삐쩍 마른 명옥 이모….

하지만 전혀 다른 모습을 하고 있는 두 분의 이모도 할머니 앞에서는 모두가 애잔한 딸의 모습을 하고 계시죠. 할머니를 바라볼 때면 외갓집의 최고 적수인 명자 이모와 명옥 이모도 사랑스러운 딸의 모습으로 할머니의 곁을 지키곤 합니다.

언젠가는 두 분의 이모도 알게 되겠죠?

서로가 있어 큰 힘이 되어 주었다는 것을, 그리고 함께 쌓았던 추억들을 되돌아볼 때마다 입가에 미소를 띨 수 있다는 것은 서로 사랑하고 있다는 증거라는 것을….

수마포와 통밭알

수마포는 엄마와 이모들의 놀이터였죠. 바다를 좋아하는 엄마는 여름이면 수마포에서 물놀이를 하고 보말을 잡고 톳을 캐기도 했답니다.

엄마가 수영하는 법을 배운 곳도 수마포입니다. 아랫집에 살았던 숙이 이모의 두 손에 올라가 숙이 이모의 구령에 맞춰 손과 발을 움직이며 수영을 배웠죠. 그리고서는 바다를 무서워하지 않는 용기도 생겼답니다.

어느 여름날, 헤엄을 치던 명원 이모가 수마포의 깊은 물에 빠져 허우적거리는 것을 발견하고는 이모의 머리카락을 움켜쥐고 꺼내어 살려냈다는 전설 같은 이야기를 자랑스레

하십니다.

수마포에 바닷물이 빠져나갈 때면 엄마의 머릿속에는 '수마포의 해산물 지도'가 그려집니다.

저기쯤에는 톳이 많고, 또 저기쯤에는 보말이 많고, 또 저 큰 바위 아래에는 군소가 많고, 그리고 저 돌무더기가 있는 곳에서 문어를 잡기도 했는데….

금방이라도 수마포 바다로 풍덩 빠져 성산포의 인어로 변신할 것만 같은 우리 엄마, 어릴 적 꿈이 해녀였다고 말씀하십니다.

엄마의 또 다른 놀이터는 통밭알입니다.

통밭알에 바닷물이 빠지면 넓고 넓은 조개밭이 나타나는데 그 넓은 조개밭을 호미 하나를 들고 누비며 순식간에 바구니 하나 가득 조개로 채우곤 했죠.

엄마는 조개 캐는 선수였다고 종종 자랑을 합니다.

초등학교 1학년이었던 그 어느 날, 엄마를 따라 조개를 잡으러 통밭알에 갔었답니다. 순식간에 조개로 바구니를 가득 채우시는 엄마의 손놀림을 보고 저는 깜짝 놀라고 말았죠. 아주 작은 조개 구멍을 어떻게 알아내시는지 '톡' 하고 호미질을 할 때마다 조개들이 쏙쏙 잡히는 것을 보고는 엄마의 조개 캐는 실력을 인정하지 않을 수 없었답니다.

지금도 아빠가 시원한 조갯국을 먹고 싶다고 하면 말이 떨어지기가 무섭게 엄마는 호미 하나 들고 빠른 걸음으로 통밭알로 향한답니다. 그리고 엄마의 첫사랑인 아빠가 실컷 드실 수 있도록 바구니 가득 조개를 캐고 오신답니다.

바다를 보면
가슴이 [illegible] 시린다는 엄마

작은 파도 소리에도
바다가 부르는 것 같아
수마포로 뛰어갔다는 우리 엄마

여름 내음이 좋아
여름이면 수마포 해안에 앉아
수없이 많은 시간을 보냈다는 엄마

이 순간에도
푸르게 빛나는 수마포를
모든 생명이 [illegible]
그리워하는 엄마

우리 엄마의
어릴 적 꿈은 해녀였대요

엄마의 몸속에도 해녀의 피가 흐르고 있어
바다를 그리워하나 봐요.
성산포를 그리워하나 봐요.

이모들의 썰매장

성산일출봉의 언덕!

할머니 댁 2층, 막내 이모가 운영하시는 빵집에 앉으면 성산일출봉이 한 폭의 그림처럼 내 눈 안으로 들어옵니다.

그 옛날 설문대 할망이 바느질하기 위해 불을 밝혔다는 등경돌과 할머니가 아들을 점지해달라고 기도를 드렸다는 처녀바위도 보이고, 엄마와 이모들이 송충이를 잡으러 다녔다는 소나무 숲도 보이고, 그리고 엄마와 이모들의 썰매장이었던 초록의 잔디밭도 보인답니다.

엄마와 이모들이 어릴 적에는 놀 거리가 없었어요. 동네에 굴러다니는 돌멩이를 주워서 공기놀이를 하거나, 10원에 몇 개 하는 고무줄을 사서 고무줄놀이를 하는 것이 전부였죠.

겨울이 가고 봄이 돌아오면 겨울을 용케도 잘 견뎌낸 성산일출봉이 어린 새싹들을 내보내기 시작했어요. 어린 새싹들이 모이고 모여 푸르른 잔디밭으로 변하면 성산일출봉은 찬란한 봄을 맞이한 듯 늠름한 모습을 갖추고서는 엄마와 이모, 동네 아이들에게 빨리 놀러 오라고 유혹을 하곤 했죠.

그러면 가정형편이 나은 동네 아이들은 부모님을 졸라 널빤지로 썰매를 만들고는 의기양양하게 일출봉으로 올라가는 언덕배기 바로 아래에 서서 '야호!'라고 소리를 지르고는 비탈진 길을 따라 신나게 썰매를 타고 내려오며 세상 그 무엇과도 바꿀 수 없는 즐거움을 느꼈어요.

엄마와 이모들은 널빤지를 구할 수가 없어 옆집, 앞집, 동네 한 바퀴를 숨 가쁘게 돌며 두꺼운 비닐로 만들어진 농약 포대를 어렵게 구하고서는 뒤늦은 합류를 하곤 했죠.

성산일출봉 언덕에서 식산봉을 바라보며 푸르른 잔디밭 위를 신나게 썰매 타며 내려오는 그 순간의 짜릿함은 늘 최고였고 잊을 수 없는 즐거움을 엄마와 이모들에게 주었죠. 봄에는 잔디밭 위에서, 겨울에는 하얗게 쌓인 눈 위에서 썰매를 타며 그 옛날 최고의 놀이를 엄마와 이모들은 즐겼어요.

정신없이 썰매를 타다 보면 지금은 허물어지고 없어진 '일출봉호텔'을 관리하시는 아저씨가 나타나시곤 하셨는데, 서울에서 내려온 아저씨는 늘 하얀색 와이셔츠를 입고 검은색 넥타이를 매고서는 광이 나는 구두를 자랑하듯이 신고 있었어요.

아저씨는 쌩하고 눈 깜짝할 사이에 달려오셔서는 성산일출봉이 자기네 것이라도 되는 것처럼, 잔디밭을 자기가 키운 것처럼 늘 허리에 두 손을 올리고서는 거만하게 말했어요.

"여기서 당장 나가!"

큰 소리로 화를 내며 엄마와 이모들을 내쫓곤 하셨지만 그래도 엄마와 이모들은 잠시 바위틈에 숨어 있다가, 때로는 집으로 돌아가는 척하다가 아저씨의 뒷모습이 보이지 않으면 아저씨 몰래 다시 또 썰매를 타는 즐거움을 누렸어요.

그럴 때마다 아저씨와 성산포 아이들의 쫓고 쫓기는 추격전이 되풀이되었고, 추격전이 심했던 어느 날에는 동네 어른들과 아저씨의 말싸움이 벌어지기도 했답니다.

동네 어른들은 아이들의 동심을 빼앗아가지 말라며 아저씨에게 엄포를 놓기도 했답니다.

그러던 어느 날, 일출봉호텔을 관리하셨던 아저씨가 서울로 출장을 갔다는 소문이 성산포 아이들 사이에서 퍼져 나갔어요.

푸르른 잔디밭에서 맘껏 놀 수 있을 것으로 생각했던 아이들 몇 명은 학교도 빠진 채 일출봉 언덕으로 올라갔답니다. 그리고는 그 어떤 방해꾼의 훼방도 없이 그리고 감시도 없이 신나게 썰매를 타며 놀았죠. 물론 그 무리 속에는 열한 살이었던 우리 엄마도 포함되어 있었죠.

아이들 몇 명이 단체로 학교를 빠지자 학교는 발칵 뒤집혔고, 아이들이 학교에 가지 않은 것을 뒤늦게 알게 된 부모님들 또한 애타게 아이들을 찾았어요. 그리고 성산포 이사무소에서는 사이렌을 크게 울리며 아이들을 찾는 방송을 시작했죠. 커다란 스피커에서 울려 퍼지는 소리는 성산포 안에 있던 모든 사람을 집중시켰답니다.

"알립니다. 지금 학교에 가야 할 아이들 몇 명이 학교에 가지 않고 사라졌다고 합니다. 맹실이, 정석이, 유경이, 미선이, 문희, 이 아이들을 본 사람은 즉시 아이들을 학교로 보내 주시기 바랍니다!"

썰매 타기에 바쁜 아이들의 귀에는 이 소리조차 들리지 않았어요. 그저 신나게 썰매를 타고 또 탔답니다. 방해꾼이었던 아저씨가 없는 성산일출봉의 푸르른 썰매장은 아이들이 늘 꿈꾸었던 꿈의 구장이 되었죠.

"이놈들, 학교 안 가고 여기서 뭘 하고 있냐!"

썰매를 타고 있던 아이들을 발견한 말테우리 할아버지가 버럭 소리를 질렀어요.

평소 성산일출봉에서 말을 키우셨던 말테우리 할아버지는 큰 키와 날카로운 눈매를 가지고 있어 성산포 아이들에게는 아주 무서운 존재였답니다.

말테우리 할아버지의 고함에 정신이 번쩍 든 엄마와 아이들은 뒤늦게 학교에 갔어요. 물론 선생님들께 엄청 혼이 났고 복도에 무릎을 꿇고서 몇 시간 동안이나 반성문을 써야만 했죠.

엄마는 집으로 돌아온 후 명숙 이모에게 아주 호되게 혼이 났고, 할아버지는 열한 살 엄마에게 썰매 타기 금지령을 내리기도 했어요.

어느 날 갑자기 일출봉 잔디밭 가장자리로 울타리가 만들어졌고, 높게 올라간 단단한 울타리는 엄마와 이모들의 썰매놀이를 더는 허락하지 않았죠.

성산일출봉 푸르른 잔디밭과의 갑작스러운 이별은 한참 신나게 뛰어놀고 싶었던 열한 살 엄마의 마음을 아프게 했답니다. 물론 이모들의 마음 또한 시렸겠죠?

성산일출봉 언덕에서 타는 썰매놀이, 생각만 해도 가슴이 두근거리네요. 지금은 세계자연유산이 되어 엄마의 어릴 적 추억처럼 비료 포대를 벗 삼아 썰매를 탈 수는 없지만, 언제나 든든하게 비바람을 막아주며 오랫동안 그 자리를 지켜 준 성산일출봉에게 고맙다는 말을 전해봅니다.

엄마의 좋은 기억이 되어 줘서 고마워요.

이모들의 좋은 추억이 되어 줘서 고마워요.

그리고 지금도 그렇게 멋진 모습으로 서 있어 줘서 정말 고마워요.

촐 베는 소녀들

성산일출봉이라는 커다란 왕관 안에서 뛰어놀다!

성산일출봉에는 아흔아홉 개의 작은 봉우리들이 있어요. 제각기 떨어져 홀로 서 있는 봉우리들은 서로 손과 손을 맞잡은 것처럼 이어져 있답니다. 그리고 성산일출봉 꼭대기에는 넓고 넓은 분화구가 있는데 성산포 어르신들은 그곳을 '성산안'이라고 불렀어요.

그렇게 서로를 맞잡은 아흔아홉 개의 작은 봉우리들과 넓디넓은 성산안은 해마다 올라오는 태풍도 함께 맞섰고 거세게 쏟아지는 장대비, 뜨거운 태양의 열기도 함께 맞으며 오랜 시간 함께했답니다.

소나 말에게 먹이는 풀, 꼴을 엄마와 이모들은 '촐'이라고 불렀고 가을이 되면 성산안은 잘 자라준 촐들로 가득 차 발 디딜 틈이 없었죠.

사람들의 손을 거치지 않고도 성산안의 촐들은 거센 바람과 맞서며 당당히 자라 엄마와 이모들을 기다리고 있었어요.

바람이 부는 날에는 바람결을 타고 셀 수도 없을 만큼이나 많은 촐들이 함께 춤을 추는데 성산안이라는 큰 무대에서 보여주는 그 광경은 그 어떤 것도 흉내 낼 수 없을 만큼이나 아름다웠답니다.

초가지붕을 새(띠)로 덮어줄 촐이 무럭무럭 자랐다는 소문이 성산포에 돌기 시작하면 집집마다 낫을 들고는 성산안으로 올라갔어요. 성산포에 사는 사람이라면 어른, 아이 가릴 것 없이 모두 성산일출봉으로 올라가 경쟁하듯 촐을 베곤 했죠.

행여 우리 집에 쌓아 둔 촐의 높이가 옆집보다 낮을 때에는 다음 날 어김없이 성산안으로 올라가 촐을 베고 와야만 했어요. 그때만 해도 성산포의 집은 대부분 초가였기 때문에 지붕 위를 깔끔하게 단장해 줄 촐은 귀하디귀한 몸이었던 거죠.

딸 부잣집이었던 외갓집도 촐 베는 시기가 되면 너 나 할 것 없이 성산안으로 올라가 촐을 베어야 했어요. 촐 베기가 싫어 화가 난 이모도 있었고, 힘들다고 불평하는 이모도 있었어요. 심지어 아프다는 핑계를 대고 따라나서지 않는 이모도 있었죠. 그분이 바로 명자 이모라는 것은 비밀이랍니다!

하지만 철이 없었던 아홉 살의 엄마는 성산안으로 올라가 끝이 보이지 않는 넓은 들판에서 실컷 뛰어놀고 올 생각에 촐 베는 날을 기다렸고 누구보다도 일찍 일어나 성산안으로 올라갈 채비를 하곤 했어요.

성산안은 아홉 살 엄마에게 최고의 놀이터이자 탐험장이 되어 주었죠.

밤새 이슬을 먹은 촐들이 힘들어 고개를 숙일 때면 성산일출봉 동쪽 수평선 끝으로 올라온 강렬한 태양이 이슬을 토해내게 했고, 촐들은 다시 고개를 빳빳이 세우고 보란 듯이 성산포 사람들을 기다리고 있었죠.

성산포 사람들은 올라온 순서대로 자기네 땅에서 자란 촐을 찾아내듯 한 뼘의 틈도 없이 빽빽이 들어선 촐을 발견하고는 서둘러 베기 시작했어요. 가끔은 무성하게 잘 자란 촐을 차지하려고 작은 다툼이 있기도 했지만 성산안을 꽉 채운 촐들이 기다리고 있어 넉넉해진 마음으로 금세 화를 털어내곤 했죠.

외삼촌과 이모들이 열심히 촐을 베고 있는 동안 엄마는 일출봉 봉우리들을 하나둘씩 세어가며 돌아다녔어요. 가끔은 위험한 짓을 한다며 외삼촌과 이모들에게 혼이 나기도 했고, 외갓집 행동대장이었던 명숙 이모가 쫓아와서는 엄마의 머리를 쥐어박으며 위험하게 놀지 말라고 야단도 치셨지만, 엄마는 그 멋진 놀이를 멈출 수가 없었어요.

봉우리 사이사이를 걸어보는 건 구름 위를 걷는 것처럼 즐거운 일이었고, 멈출 수 없을 만큼 신나는 일이었죠.

작은 봉우리 사이사이로 보이는 성산포 마을의 풍경이 한 폭의 그림처럼 보이고, 멀리 떠 있는 우도가 멋진 조각품처럼 다가오고, 섭지코지의 푸른 물결이 한 장의 사진처럼 보이곤 했죠.

눈에 보이는 모든 것들이 위대한 작품이 되어 멋진 전시장을 꾸민 듯했고, 그 모든 것들은 엄마만을 위한 커다란 전시장을 만들어 주었던 거죠.

작은 봉우리 탐사가 끝나면 엄마는 항상 성산일출봉 뒤편, 가장 동쪽 끝에 있는 커다란 바위 아래로 가서는 '새끼 청산'이라는 바위 위에 앉아 소곤대고 있는 철새들에게 '끼루룩-끼루룩-' 하며 말을 걸어보거나, 멀리 수평선 끝을 바라보며 미지의 세계에 있는 친구들을 향해 인사를 하듯 소리를 지르기도 했어요.

몇 시간을 정신없이 놀다 보면 성산안은 풀냄새로 가득 채워지고 촐들이 내놓은 풀내음이라는 향수로 온몸을 적시곤 했어요. 촐 베기가 싫어 화가 났던 이모들도 풀내음 향수에 취해 노래를 부르거나 수다를 떨며 촐 베는 일을 즐기기 시작했고, 촐 베는 일은 더는 노동이 아닌 놀이가 되어 모두의 가슴을 들뜨게 했어요.

단발머리를 예쁘게 한 명옥 이모에게 호감을 품고 있던 동네 오빠가 용기를 내어 이모에게 말을 걸어오기도 했고, 먹어보라며 '삥이'를 내놓기도 했어요. 명옥 이모는 싫은 듯 고개를 돌렸지만, 이모의 볼은 벌써 발그레해졌고 아홉 살이었던 엄마가 이해하지 못하는 그 무언가가 오고 간 듯했어요.

성산안을 가득 채웠던 촐들이 모두 사라지고 나면, 성산안은 민머리가 되어 있었고, 일 년에 한 번 하는 이발을 마친 소년의 머리처럼 단정하고 깔끔했답니다.

가끔은 똬리를 틀고 있는 뱀들이 튀어나와 놀라기도 했지만 뱀도 달리고 엄마도 달리고, 이모들도 신이 난 듯 달리기를 하며 지나가는 바람을 잘라내기도 했어요. 민머리 사내아이 머리 위를 엄마와 이모들은 소녀가 되어 바람에 취해, 햇살에 취해, 풀내음에 취해 모두 생각 없이 달렸죠.

누군가는 어미 새가 낳아 놓고는 잊어버린 새알을 줍고서 자랑을 하고, 또 누군가는 두툼한 칡뿌리를 캐어 질겅질겅 씹

어가며 자랑을 하고, 또 누군가는 작은 통 안에 가득 채운 커다란 지네들을 자랑했지만 놀기에 바빴던 엄마는 하나도 부럽지가 않았어요.

그 순간만큼은 엄마와 이모들은 넓고 넓은 성산안의 주인이 되었고 성산안은 오롯이 소녀들의 것이 되어 주었죠.

되돌아보면 엄마와 이모들은 성산일출봉이라는 커다란 왕관 안에서 제일 멋진 하루를 보냈던 거죠. 성산일출봉 또한 소녀들과 함께 멋진 하루를 보냈고요.

성산안이 어둑해지고 해가 제집을 찾아 식산봉 너머로 떠난다는 신호를 보낼 때면 모두 하던 일을 마치고 성산안과의 이별을 준비했고, 소녀들과의 이별을 아쉬워하는 성산안의 바람 소리를 뒤로하며 다시 또 만나자는 마음속 약속을 하곤 했답니다.

단단히 동여맨 촐 묶음을 등에 지고 나뭇가지 하나를 지팡이 삼아 내려오려는데, 이별을 아쉬워하는 성산안이 눈에 밟힌 아홉 살 엄마는 뒤로 돌아서서 성산안을 오랫동안 바라보았답니다.

그리고는 '다시 또 만나자!'라는 약속을 하고서야 뒤늦은 출발을 했답니다.

성산일출봉을 내려오다가 잠시 걸음을 멈추고 고개를 들면 식산봉 위에 걸터앉은 지는 해와 멋진 노을이 소녀들을 놀라게 하였고, 성산포 통밭알에 펼쳐진 반짝이는 물결들은 소녀들의 눈을 시리게 하였죠.

성산포가 주는 아름다움이라는 선물에 취해 모두 힘든 줄도 모르고 성산일출봉을 천천히 내려오곤 했어요.

성산안이 주는 최고의 선물을 가지고서, 그리고 절대로 잊을 수 없는 커다란 추억들을 가슴에 가득 담고서….

지금도 멀리서 보면 성산일출봉은 커다란 왕관처럼 보인답니다. 수천 년을 버텨온 작은 봉우리들이 모여 만들어진 커다란 왕관이랍니다.

그 왕관 안에 새겨진 엄마의 추억이, 이모들의 기억이 지금의 엄마를 그리고 이모들을 세상 속에서 버틸 수 있게 해준다고 하네요.

저도 언젠가는 저 왕관 위로 올라가 그 옛날의 엄마처럼 뛰어놀 수 있을까요?

잊을 수 없는 추억을 만들 수 있을까요?

머리카락 자르는 날

무쇠 가위를 누가 숨겼니?

해마다 봄이 되면 성산일출봉 언덕에는 쑥이 많이 자랐어요. 그리고 어디서 날아왔는지 유채꽃도 군데군데 피어올랐답니다. 쑥 향과 유채꽃 향이 만나서 어우러진 향기는 성산포의 바다 향만큼이나 향기로워 성산포 사람들의 마음을 홀리곤 했어요.

쑥과 유채꽃이 피어오를 때면 외갓집 앞마당에서는 외할아버지가 녹이 슨 오래된 가위를 숫돌에 갈며 날을 세웠어요.

"쓱-쓱-쓱-"

할아버지가 가위를 가는 동안 영희 이모는 동생들을 불러 모으기 시작합니다.

"명실아, 명원아, 명애야, 빨리 나와라!"

고집쟁이 명원 이모와 떼쟁이 명애 이모는 방에서 꼼짝하지 않고 영희 이모의 말을 못 들은 척하며 딴짓을 했고, 평소 까불이 짓을 많이 하여 그릇이며 거울 등을 많이 깨부순 우리 엄마는 지은 죄가 있어 영희 이모가 부르는 소리에 한마디 반항도 하지 못하고 앞마당으로 나갔죠.

"언니, 나 머리카락 자르기 싫은데, 다음에 하면 안 돼?"

"언니만 믿어. 언니가 정말 예쁘게 잘라줄게."

초등학교 2학년이었던 엄마는 영희 이모가 앉으라는 눈짓을 보내자 앞마당에 거꾸로 뒤집어 놓은 양동이 위에 걸터앉습니다. 엄마가 앉자마자 영희 이모는 기다렸다는 듯이 미리 준비해 둔 커다란 보자기를 엄마의 어깨 위에 두른답니다.

마치 실력이 좋은 미용사가 된 것처럼 척척 준비하죠. 그리고는 엄마의 머리 위에 부엌에서 가지고 온 빨간색 바가지를 씌우고서 할아버지가 정성껏 갈아주신 무쇠 가위로 엄마의 머리카락을 바가지 테두리 모양에 따라 자르기 시작해요.

"언니, 너무 짧게 자르면 안 돼."

"알았어. 언니만 믿어."

"언니, 이상하게 자르면 안 돼."

"알았어. 언니만 믿어."

영희 이모는 실력이 매우 좋은 미용사처럼 순식간에 엄마의 머리카락을 잘랐고, 그리고 자랑스럽다는 듯이 거울을 엄마 앞에 턱 비춰 주었습니다.

'언니만 믿어!'라고 영희 이모는 자신 있게 말했지만, 거울 속에 비친 엄마의 머리 모양은 동그란 바가지, 그 자체였죠.

바가지 머리를 하게 된 엄마는 영희 이모에게 완전히 속은 기분이 들었죠. 하지만 바가지 머리 모양 때문에 속이 상한 엄마는 울지도 못하고, 화를 내지도 못했어요. 왜냐하면, 영희 이모가 너무 자랑스럽다는 듯이 엄마를 쳐다보고 있었기 때문이었죠.

엄마의 머리카락 자르기가 끝날 즈음이면 할아버지는 고집쟁이 명원 이모와 떼쟁이 명애 이모에게 커다란 알사탕 하나씩을 입에 물려주고서는 머리카락을 자르게 했어요.

가끔은 고집쟁이 명원 이모가 사탕만 먹고 도망가는 일이 있곤 했지만, 할아버지가 끝내 쫓아가서는 잡아 오곤 했답니다.

'바가지 뒤집어쓰고 머리카락 자르기' 행사는 해마다 봄이면 외갓집에서 있었던 일이었고, 떼쟁이 명애 이모가 아무리 울어대며 싫다고 해도 영희 이모의 '바가지 씌우고 머리카락 자르기'는 대성공이었답니다.

식구가 많아 미용실 비용을 댈 수 없었던 집안 형편 때문에 살림꾼이었던 영희 이모가 아이디어를 내고 외할아버지의 적극적인 도움으로 머리카락 자르는 일을 완성할 수 있었던 거죠.

어린 시절의 엄마는 외갓집 안방, 반짇고리 함에 오래도록 머물러 있던 오래된 무쇠 가위가 너무 싫었답니다.

무쇠 가위로 머리카락을 자르고 바가지 모양의 머리로 학교에 간 날은 친구들의 놀림이 끊이지 않았고, 엄마가 마음속으로 좋아했던 석이가 "바가지 쓰고 학교에 왔냐?"라는 짓궂은 말을 할 때는 정말 도망치고 싶어 했죠.

그 가위만 없으면 동네 친구들처럼 미용실에 가서 예쁘게 머리카락을 자를 수 있을 것 같고 엄마의 친구인 성희 이모처럼 예쁜 머리 모양을 가질 수 있을 것 같았답니다.

그래서 엄마는 용기를 내기로 했죠. 아무도 모르게 무쇠 가위를 없애버려야겠다고 결심을 했답니다. 그리고는 안방으로 조심히 들어가 오래도록 엄마를 괴롭혔던 무쇠 가위를 꺼내기 위해 반짇고리 함을 열었는데 가위의 흔적을 찾을 수가 없었죠. '다른 곳에 있나?' 하고 이곳저곳을 찾아봤는데 가위는 흔적도 없이 사라져 버린 후였어요.

저녁이 되고 낡은 양말을 꿰매시던 할머니가 가위를 찾았지만, 엄마도 이모들도 모두 가위를 보지 못했다고 말씀드렸죠.

"대체 어디로 사라진 거야. 항상 그 자리에 있었는데, 누가 엿이라도 바꿔 먹었나?"

며칠 동안이나 사라진 가위를 찾던 할머니께서는 아쉽다는 듯 말씀하셨어요.

"그 가위는 너희들이 태어날 때마다 탯줄을 잘랐던 가위야. 그래서 내가 아주 소중하게 가지고 있던 거였어."

"든든하고 묵직한 무쇠 가위가 너희들의 탯줄을 잘 잘라줘서 너희들 모두가 건강하게 자랄 수 있었는데…."

"한 번씩만 날을 갈아주면 새것처럼 쓸 수 있었던 좋은 무쇠 가위였는데…."

아쉬운 듯 말씀하시는 할머니의 모습에 엄마와 이모들은 할머니가 왜 그렇게 오래되고 볼품없는 그 가위를 아꼈는지 알게 되었답니다. 오래된 무쇠 가위에는 아이들과의 추억이 담겨 있었고, 그리고 외갓집의 역사였던 거죠.

누가, 언제, 왜, 어떻게 가위를 숨겼는지는 모르지만 아마도 할머니의 말씀을 듣고서 후회가 되었나 봐요. 어느 날 할머니는 반짇고리 함에서 잃어버렸던 오래된 무쇠 가위를 다시 만날 수 있었어요.

엄마는 절대로 자신이 한 짓이 아니라고 했지만 바가지 머리 모양이 싫어서, 그리고 다시는 바가지를 뒤집어쓰고 머리 자르기가 싫어서 할머니의 무쇠 가위를 몰래 숨겨 놓았다가 다시 제자리로 옮겨 놓은 것은 아니었을까요?

아무튼, 그 오래된 무쇠 가위는 그 후로도 오래도록 외갓집

안방, 반짇고리 함을 지키고 있었답니다. 할머니의 오랜 친구가 되어 주었죠.

그리고 매해 봄마다 앞마당으로 즐거운 외출을 했답니다.

엄마의 작전

새 교복을 입고 싶어요!

2018년 1월 어느 겨울날, 우리 집 바로 옆에 있는 성산초등학교를 졸업한 저는 중학교에 입학하기 위해 설레는 마음으로 엄마와 함께 교복을 맞추기 위해 집을 나섰답니다.

초등학교를 졸업하고 중학교에 입학한 동네 언니들이 예쁜 교복을 입고 버스 정거장에 서 있는 모습을 볼 때마다 얼마나 부러웠는지 몰라요. 하루라도 빨리 새 교복을 입어보고 싶어 저는 오래전부터 교복을 맞추러 가자고 엄마에게 졸라댔답니다. 처음으로 입어보는 교복에 대한 기대감과 설렘으로 온 세상이 행복해 보였답니다.

집에서 한 시간 거리에 있는 교복 가게에서 교복을 맞추고 집으로 돌아오는 길, 엄마는 즐거워하는 저에게 말씀하셨습니다.

"하정이에게 예쁜 새 교복을 사줄 수 있어서 엄마는 기분이 너무 좋다."

"그게 그렇게 좋아요?"

"응. 엄마는 새 교복을 입어보질 못했거든. 이모들이 입었던 헌 교복을 물려 입었어."

"왜요?"

"할머니, 할아버지가 가난해서 새 교복을 사줄 수가 없었지."

엄마는 명옥 이모가 입었던 교복을, 명옥 이모는 명자 이모가 입었던 교복을, 명자 이모는 영희 이모가 입었던 교복을 줄줄이 이어받아 입었어요. 오래된 교복은 많이 낡기도 했고, 하얀색 천으로 만들어진 칼라 부분이 누렇게 변해 삶고 빨아도 색이 누렇게 떠서 새 교복을 입은 다른 아이들과 비교가 되었죠.

중학교 시절에 엄마는 새 교복을 입어보는 것이 소원이었어요. 그래서 엄마는 할머니에게 새 교복을 사달라고 조르기도 여러 번 했답니다. 그때마다 할머니는 돈이 없다며 엄마의 소원을 단칼에 거절했고, 엄마는 기가 죽곤 했어요.

누런 칼라가 달린 낡은 교복을 입고 학교에 갈 때마다 엄마는 할머니에게 괜한 심술을 부리거나 "잘해주는 것도 없이 왜 이렇게 아이를 많이 낳았어요?"라는 못된 말로 할머니의 가슴을 아프게도 했어요.

어느 날에는 새 교복을 입고 싶은 마음에 닳고 닳은 교복 바지 엉덩이 부분을 의자에 문지르기를 반복했답니다. 나무 의자에 오랜 시간 반복적으로 문질러진 교복 바지는 엉덩이 부분이 얇게 흠이 생기더니 엄마가 손가락을 톡 대니 쭉 찢어져 커다란 구멍이 생겨 버렸죠.

엄마의 계획대로 커다랗게 구멍이 생겨버린 교복 바지를 보며 엄마는 할머니도 더는 헌 교복을 입으라는 말을 하지 않을 거라고 확신했어요. 그리고 새 교복을 입을 생각에 즐거워했답니다.

엄마의 구멍 난 교복 바지를 보고서 할머니는 "알았다!"라는 짧은 대답을 하셨고, 엄마는 드디어 할머니가 예쁜 새 교복을 사주실 거라는 부푼 기대로 웃음을 지었어요. 하지만 엄마는 할머니를 너무 쉽게 보았던 거죠. 아홉 오누이를 키우며 이런저런 경험을 많이 하신 할머니가 엄마의 계획을 모르셨을 거라고 착각을 하신 거죠.

할머니는 구멍 난 교복 바지를 가지고 동네의 유일한 양장점으로 가서는 구멍 난 교복 바지 엉덩이 부위를 헝겊으로 겹겹이 대고서 박음질을 하고 오셨어요. 두껍게 박음질이 된 엉덩이 부분은 멀리서도 알아볼 수 있을 정도로 크고 선명했으며, 가난한 집 아이라는 표시처럼 엄마를 기죽게 했어요.

그런 교복을 입고서는 학교에 갈 수 없다며 할머니 앞에서 울고 불며 떼를 써 봐도 할머니는 새 교복을 사주겠다는 말씀을 끝내 하지 않았어요.

한참 예쁘게 보이고 싶어 할 나이 14살, 엄마는 낡고 낡은 박음질이 된 교복을 입고 사춘기라는 시절을 보냈어요. 몹시 흉 진 교복 바지를 입고 학교에 갈 때마다 열네 살 엄마는 크게 박음질된 부분을 가리느라 책가방을 항상 엉덩이에 대고서 조금이라도 숨기려고 애를 썼죠.

물거품이 되어 버린 엄마의 계획, 새 교복 대신에 크게 박음질된 헌 교복을 3년 내내 입고서 엄마는 중학교 생활을 마무리했답니다. 엄마의 계획은 물거품이 되었지만, 엄마가 힘들게 만든 엉망이 된 교복 덕분에 명원 이모는 다행히 엄마의 교복을 물려 입지 않고 새 교복을 입을 수 있었죠.

엄마는 결혼하고 아이를 낳고 엄마가 되어 보니, 그때 교복을 사주지 못했던 할머니의 마음이 얼마나 아팠을까 하는 생각을 하게 되었다고 해요. 그리고 할머니에게 모진 말들을 한 그날이 너무 후회된다고 하세요.

지금은 웃으면서 말씀하시지만, 그때 그 시절에 엄마의 마음도 매우 아팠겠죠?

새 교복을 예쁘게 입은 저의 모습을 보고서 "너무 예쁘다."라며 안아주시는 엄마에게 말씀드렸어요.

"엄마도 한번 입어보실래요?"

"내가? 너무 작아서 안 돼."

싫다는 엄마에게 억지로 입혀 드렸어요. 엄마가 입어보지 못한 단 하나의 새 교복이라는 추억을 드리고 싶었죠.

교복이 아주 작아 엄마의 살이 울퉁불퉁하게 삐져나오기는 했지만, 엄마는 저의 새 교복을 입고서 거울을 보며 예쁘다는 말을 여러 번 하셨어요.

새 교복을 입으신 우리 엄마,

엄마의 기억 속에 14살의 아름다운 모습으로 남아 있었으면 좋겠어요.

14살 엄마의 기억,
예쁜 새 교복을 입었어요!

엄마의 회상

비가 오는 날이 제일 싫었어!

유난히 맑은 날을 좋아하는 우리 엄마, 5월이면 차를 타고 유채꽃 만발한 가시리 길을 아주 천천히 지나며 차창 밖으로 손을 내밀고는 유채꽃을 살며시 만져보곤 하세요.

차에서 내려 사진을 찍으려고 하면 싫다고 손을 저으시죠. 못생긴 얼굴이 예쁜 유채꽃을 망치는 것 같아 사진 찍기가 미안하다고 하세요. 유채꽃들은 그런 엄마의 마음을 알고 있을까요?

이렇게 마음이 예쁜 우리 엄마도 싫어하는 것이 딱 하나 있답니다. 그건 바로 비가 오는 날이랍니다.

엄마의 어린 시절, 아홉 오누이가 올망졸망하게 살았던 그 시절, 비만 오면 온 집안이 난리가 났어요.

모두 학교에 가야 하는데 쓰고 갈 우산이 없어 엄마와 이모들은 모두 당황해하거나 우산이 없는 가난한 집안 사정 때문에 잔뜩 화가 났고, 평소 학교에 가기 싫어하던 명애 이모는 비가 오는 날마다 없는 우산을 핑계 삼아 학교에 가지 않겠다며 떼를 쓰기도 했답니다.

할머니는 엄마와 이모들에게 헌 옷을 뒤집어쓰고 학교에 가게 하거나 커다랗고 두툼한 비닐을 구해 와서는 쓰고 가게 했죠.

순하디순한 명자 이모는 할머니가 건네준 헌 옷을 뒤집어 쓰고 학교에 갔지만, 외갓집에서 가장 예민하고 감수성이 풍부했던 명옥 이모는 비를 맞으며 옷을 흠뻑 적신 채 보란 듯이 학교에 가며 할머니의 가슴을 아프게 했답니다.

또 누군가는 학교에 놓아둔 우산을 몰래 쓰고 오는 바람에 담임 선생님이 엄한 얼굴로 외갓집을 찾아와 우산을 되찾아 가며 아이 교육을 잘 시키라는 쓴소리를 하고서 돌아가기도 했어요. 그럴 때마다 할머니와 할아버지는 아무런 말도 하지 못하고 고개를 숙이고서는 "죄송합니다."라는 말만 연거푸 했어요.

엄마 또한 예외가 아니었어요. 비가 오는 날마다 우산 없이 비를 맞으며 학교에 가야 하는 일이 너무 싫었고, 비에 젖은 옷을 입고서 추운 교실에서 수업을 받는 일이 힘들기도 했죠. 여름이면 비에 젖은 하얀색 하복이 몸에 착 붙어 속옷이 비치는 일이 발생하곤 했는데, 우산을 살 수 없었던 가정형편이 들통난 듯하여 부끄럽기도 했답니다. 사춘기를 맞이한 엄마에게는 속옷이 비치는 상황이 정말 치욕적인 일이었죠.

특히 장맛비가 내리는 길고 긴 날에는 항상 비에 젖은 교복을 입고 있어야 했고, 때로는 엄마를 우울의 늪으로 빠져들게 했어요.

그러던 어느 날, 서울에서 내려온 할아버지의 친구분이 우산 하나를 외갓집에 놓고 가셨어요. 외갓집에 유일한 우산 하나가 탄생하게 된 거예요. 우연히 외갓집 보물이 되어 버린 우산 하나는 엄마와 이모들이 탐내는 물건이 되었답니다. 그래서 언제부터인지 날이 흐려져 비가 올 것 같은 날이면 엄마는 외갓집에 있는 유일한 우산 하나를 쟁취하기 위해 밤을 지새웠어요.

세찬 비가 내리는 어느 이른 아침, 모든 식구가 잠이 든 사이 엄마는 외갓집에 있는 유일한 우산 하나를 쓰고 아무도 몰래 집을 나섰어요. 첫 버스가 오려면 아직 많은 시간이 남았고 행여 언니들한테 들켜 우산이라도 뺏기게 될까 봐 집에서 한 시간 거리에 있는 중학교까지 우산을 쓰고 걸어가기 시작했죠.

비가 오는 날,

우산을 쓰고 걷는 길은 딴 세상이었어요. 엄마는 비 내리는 길 위의 주인공이 되어 그 순간만큼은 쉴 새 없이 내리는 세찬 비도 밉지 않았죠. 한없이 내리는 짙은 비는 땅속 깊게 묻혀있던 흙냄새를 일으켰고, 이제껏 맡아 보지 못했던 흙냄새의 진한 향기는 엄마를 미소 짓게 만들어 주었어요.

우산 위를 튕겨 나가는 빗방울의 소리는 피아노의 건반에서 울려 퍼지는 듯한 아름다운 화음을 만들고서는 엄마의 귓바퀴를 맴돌며 길동무가 되어 주었죠.

엄마는 비를 맞으며 서 있는 길가의 작은 꽃들을 발견하고서는 우산을 잠시 꽃 위로 씌워 주며 힘을 내라고 인사도 하고, 커다란 나무 밑에 잠시 멈추고서는 비 맞는 거리의 풍경들을 하나둘씩 눈에 담아 보았어요.

비만 오면 뛰어야 했던 엄마, 뛰어다닐 때는 보지 못했던 비 내리는 거리의 풍경들이 멈춰서 보니 꽤 아름답다는 것을 뒤늦게 알게 되었죠.

엄마는 처음으로 세찬 비가 내리는 길 위를 천천히 걸으며 우산 속 행복한 세상을 느껴보았답니다. 그리고 우산 속 소녀는 매우 행복했답니다.

학교에 도착한 엄마는 책상 옆에 새 우산을 걸어 놓고는 자랑스럽다는 듯, 소중하다는 듯이 만지작거리며 즐겁게 수업을 받았죠.

지금은 여기저기 행사에서 받아 오는 우산들이 많아 우리 집 창고에 차곡차곡 쌓인 우산들을 보며, 엄마는 어릴 적 우산이 없어 힘들어했던 그 시간을 떠올리며 말씀하세요.

"타임머신이라는 것이 있다면 저렇게 많이 쌓인 예쁜 우산을 가지고 가서 성산포 맹실이네 집에다 몰래 풀어 놓고 오고 싶다."

언니들 몰래, 동생들 몰래 혼자 우산을 쓰고 학교에 갔던 기억이 미안하고 또 미안한가 봐요.

가난하고 힘든 시간을 보내고 있을 명오 이모, 명숙 이모, 영철 삼촌, 영희 이모, 명자 이모, 명옥 이모, 명원 이모, 명애 이모에게 뜻밖의 선물을 주고 오고 싶은가 봐요.

그리고 어릴 적 맹실이에게도 아주 특별한 선물을 주고 오고 싶은가 봐요.

비가 오는 날이 제일 싫었다는 엄마,

사랑이 많은 엄마에게서 유일하게 사랑을 받지 못했던 비가 조금은 불쌍하기도 해요. 하지만 비는 오랜 시간 동안 엄마와 늘 함께했으니 엄마의 마음을 이해해 줄 거라고 믿어요.

비야, 비야

장대비야

성산포에 내린 장대비야

너는 우리 엄마의 마음을 이해하지?

우산을 쓰고 걷는 길은

딴 세상이었어요.

처음으로

비가 내리는 길 위를

천천히 걸으며

우산 속 행복한 세상을

느껴보았답니다.

한겨울 밤의 탄식

연탄가스에 중독된 날!

성산포의 겨울은 눈이 많이 내렸답니다. 그래서 성산일출봉 언덕을 수북하게 덮은 눈은 마치 눈 무덤을 연상시키곤 했죠. 커다란 괴물을 잠재운 듯한 눈 무덤을 보며 어릴 적 엄마는 칠흑처럼 깜깜한 밤이 되면 '커다란 괴물이 눈 무덤 밖으로 나와 어린아이들을 잡으러 오지 않을까?'라는 상상도 했다고 해요.

진눈깨비가 몰아치는 추운 겨울밤이면 문틈 사이로 들어오는 차가운 바람을 피하려고 잠자리 다툼이 벌어지곤 했답니다. 오늘은 엄마가 문가에서 자면 내일은 명원 이모가 문가에서 자고, 이렇게 엄마와 이모들은 순번을 정하며 문틈으로 들어오는 차가운 바람과 싸우며 기나긴 겨울밤을 보냈고, 서로의 온기를 이불 삼아 잠을 청하곤 했죠.

넉넉하지 않았던 이불은 아홉 오누이 모두가 덮기에는 늘 부족했고, 작은 이불 하나로 엄마와 이모 두 명이 나누어 덮으면 언제나 한쪽 팔이 이불 밖으로 삐져나가서는 문틈 사이로 들어온 차가운 겨울바람을 맞이하곤 하였죠. 그러다 보면 겨울바람을 맞이한 한쪽 팔은 눈에 묻힌 동태처럼 차가워지곤 했답니다. 차가워진 팔은 저리고 아파 마치 바늘로 '톡 톡 톡' 쑤시는 듯한 아픔을 주곤 했답니다.

어느 추운 겨울날, 눈이 유독 많이 내린 그날은 겨울 중에서도 가장 추운 날이었고, 모두 "이렇게 추운 날은 처음이야!"라고 말할 정도였답니다.

저녁을 맞이한 외갓집, 아홉 오누이가 행여 추위에 떨까 봐 할머니는 연탄을 태우고 있는 불구멍을 확 열어젖히고 화력을 세게 높였고, 아홉 오누이는 그 어느 날보다도 뜨거운 방바닥을 느끼며 곤히 잠에 빠졌답니다. 매일 밤마다 시끄럽게 떠들어 댔던 아홉 오누이의 수다도 그날 밤에는 모두 잊어버린 듯 누구 하나 입을 여는 사람이 없었죠.

초저녁에 지핀 연탄은 자정이 넘자 이미 식어 버렸고 방은 다시 추워졌는데, 누구 하나 일어나 춥다고 하거나 연탄불이 꺼졌다고 말하는 사람이 없었어요. 외갓집은 사람 하나 없는 듯 적막 그 자체였답니다.

활활 타올랐던 시커먼 연탄은 어느 밤보다도 심한 연탄가스를 올려보냈고, 방과 부엌 사이에 갈라진 틈새로 스멀스멀하게 번진 연탄가스는, 따뜻한 온기를 느끼며 자고 있던 외갓집 모든 식구를 덮치기 시작했죠. 조금씩 조금씩 꿈속으로 깊이 들어가 길을 잃고 있었죠.

늦은 밤, 늦게까지 술을 마시던 작은할아버지가 갑자기 시원한 동치미 한 그릇을 먹고 싶다며 깊은 잠에 빠져 있던 작은할머니를 깨웠고, 외갓집 바로 아랫집에 살고 있던 작은할머니는 잠을 자다 말고 동치미 한 그릇을 구하기 위해 하얗게 쌓인 눈길을 뽀드득뽀드득 밟으며 걸어와 외갓집 현관문을 조심스럽게 열었죠.

순간, 작은할머니의 콧속으로 연탄가스 냄새가 심하게 들어왔고 행동이 빠른 작은할머니는 현관문이며 창문을 열어젖히며 외갓집 식구들을 깨우기 시작했답니다. 눈을 제대로 뜰 수 없었던 엄마와 이모들은 밖으로 나가라는 작은할머니의 외침에 엉금엉금 기며 앞마당으로 나가서 차가운 하얀 눈을 이불 삼아 나란히 누웠답니다.

여기저기서 웩웩거리며 구토를 하고 몸이 약했던 명자 이모는 유독 정신을 못 차리고 있었어요. 머리가 깨질 것 같은 두통으로 열한 살 엄마는 눈을 뜰 수가 없었답니다. 그리고 '빙- 빙- 빙-' 심하게 돌고 있는 하늘은 회오리바람처럼 엄마를 흔들어대어 엄마는 하늘과 땅을 구분할 수 없을 정도로 심한 어지러움을 느꼈답니다.

손이 빠른 작은할머니는 할머니가 담아 둔 동치미 항아리를 앞마당으로 끌고 와서는 외갓집 식구들에게 동치미를 먹이기 시작했어요. 작은할머니의 성화에 얼음 사탕 같은 동치미를 한 사발씩 마신 아홉 오누이는 너무 추워 이를 뿌드득 뿌드득 갈았죠.

동치미 때문인지 눈에서 느껴지는 추위 때문인지 모두 정신을 다시 찾은 듯 말을 하기 시작하는데, 유독 정신을 차리지 못하고 있는 명자 이모를 할아버지가 둘러업었어요. 먼 거리에 있는 병원으로 뛰어가려는데 명자 이모가 나직하게 말을 했죠.

"아버지, 나 괜찮아요. 토하고 나니 정신이 들어요."

명자 이모의 말에 모두 안심이 되었고, 할아버지는 신발도 신지 않은 맨발로 하얀 눈 위에서 내리는 눈을 맞으며 눈사람처럼 오랫동안 서 있었답니다.

조금이라도 늦었다면 아홉 오누이를 모두 잃어버릴 수도 있었던 그 상황은 할아버지의 어깨를 떨게 했고, 울고 있는 것인지 작은 떨림은 커다란 들썩거림으로 바뀌더니 끝내 할아버지를 풀썩 주저앉게 했답니다.

하얀 눈이 내리는 추운 겨울밤, 내복 차림의 엄마와 이모들은 정신이 몽롱한 채로 추운 줄도 모르고 하얀 눈 위에 나란히 누워 있었어요. 온몸을 벌벌 떨며 하늘에서 내려오는 하얀 눈들을 별사탕처럼 입으로 톡톡 받아먹으며 몸 안에 쌓여 있던 연탄가스를 밖으로 내보냈답니다.

그날 밤, 아랫집에 살고 있던 작은할아버지가 술을 마시지 않았다면, 그래서 동치미 국물을 찾지 않았다면, 그리고 작은할머니가 귀찮아서 동치미를 가지러 외갓집으로 오지 않았다면 아홉 오누이는 어떻게 되었을까요?

아마도 아홉 오누이의 얽히고설킨 실타래는 서로의 생명을 지켜주며 오래오래 같이 살자고 서로의 실 가닥을 잡아주고 있었나 봅니다.

행여 떠나지 말라고, 행여 멀어지지 말라고 서로의 생명줄을 꼬-옥 붙잡고는 서로를 지켜주었나 봅니다.

한여름 밤의 축제

멜 주우러 가요!

성산포의 여름밤은 언제나 한결같이 길고 깊답니다. 어디서 왔는지 이름 모를 수많은 별이 쏟아붓는 빛들과 더욱더 짙어진 여름 바다의 향기는 어린 시절의 엄마와 이모들을 늘 설레게 했어요.

기나긴 여름밤마다 이어지는 이모들과의 수다는 엄마의 늦은 잠을 가져가 버렸고, 명옥 이모가 들려주는 성산일출봉의 귀신 이야기와 영희 이모가 들려주는 바람만 불면 동네 우물에서 아기 울음소리가 들린다는 무서운 이야기들은 엄마를 더욱더 잠에서 멀어지게 만들곤 했죠.

여름밤이면 성산포 사내아이들은 한치 잡으러 간다며 낚시

갈 준비를 하고, 깊은 밤 썰물 때에 맞춰 소라, 해삼, 문어를 잡으러 간다며 횃불 준비를 했답니다.

"어머니, 저도 앞집 석아네랑 수마포에 가서 바릇잡이 하고 싶은데요. 가도 돼요?"

"안돼!"

외갓집에 유일한 사내아이, 외삼촌은 여름이 되면 친구들과 함께 밤바다로 나가 한치도 낚고, 소라며 해삼을 잡고 싶어 했지만, 딸 여덟과 아들 하나를 둔 할머니는 어렵게 낳은 아들을 귀하디귀하게 여겼고, 행여 외삼촌이 다치게 될까 봐 허락을 해주지 않았답니다.

단칼에 거절하는 할머니의 단호한 대답에 외삼촌의 여름밤 놀이 계획은 매번 그렇게 허탕이 되었어요. 그때마다 외삼촌의 불만은 커졌고 늘 불평하듯 말했어요.

"남동생이 한 명만이라도 있었다면 다른 집 아이들처럼 형제끼리 똘똘 뭉쳐 밤낚시도 즐기고 바릇잡이도 즐길 수 있을 텐데."

줄줄이 엮인 여동생들은 외삼촌의 여름밤 바다 놀이에 동행자가 되어 주지 못했고, 수다쟁이 여동생들은 오히려 방해가 되어 버린 거죠.

성산일출봉 옆, 수마포에서의 여름밤 놀이는 외삼촌의 꿈이고 바람이었어요. 외삼촌은 사내아이들이 즐기는 여름밤 바다 놀이에 끼고 싶어 했죠. 사내아이들만의 놀이에 끼지 못하는 자신이 외톨이가 된 듯하여 풀이 죽곤 하였죠.

하지만 운이 좋은 날에는 외갓집 모든 식구가 한여름 밤에 수마포로 총출동하는 매우 특별한 일이 있곤 했죠.

길을 잃은 은빛의 멜 무리가 수마포 해안가 모래 위로 수 없이 올라오면 '파닥파닥' 거리는 멜들의 움직임이 커다란 음악 소리처럼 어우러지고, 수많은 멜들의 어울림 소리는 바람을 타서 성산포 사람들에게 멜 무리가 들어왔다는 신호를 보내곤 하죠.

성산포 사람들은 살이 도톰하게 오른 큰 모양의 멸치를 '멜'이라고 불렀고, 밀물 때 수마포 해안가로 몰려와 놀던 멜 무리는 썰물이 되자 되돌아가는 길을 잃고 수마포 얕은 물과 모래 위에서 파닥거리며 몸부림을 치는 일들이 종종 발생하곤 하였답니다.

모래 위에서 파닥거리는 멜 무리는 달빛에 반사되어 반짝거리는 보석처럼 빛났고 성산포 사람들은 보석을 줍듯 너 나 할 것 없이 커다란 양동이와 바가지 등을 가지고 멜을 주우러 수마포 해안으로 모이곤 했죠.

"맹오야, 멜 올라왔다. 양동이들 들고 빨리 수마포로 가자."

할머니의 다급한 외침에 아홉 오누이는 양동이, 바가지, 큰 그릇 등 멜을 담을 수 있는 용기들을 저마다 하나씩 들고서는 수마포를 향해 걸음을 재촉했고, 그리고는 어떤 집에도 뒤지지 않는 멜 줍기가 시작되었답니다.

성산포 사람들의 마음을 풍성하게 만들어 주는 멜 주워 담는 축제가 수마포 해안에서 한여름 밤에 예고도 없이 열렸던 거죠. 이삭 줍듯이 시작된 멜 줍기는 한여름 밤의 축제처럼 성산포 사람들을 즐겁게 했고 특히 아홉 오누이는 그 누구보다도 축제를 즐겼답니다.

밤하늘을 가득 수놓은 별들이 깜짝 놀랄 정도로 아홉 오누이의 멜 줍는 속도는 빨랐어요. 동네 어느 집도 외갓집 아홉 오누이의 멜 줍기를 따라잡을 수가 없었죠. 아홉 오누이가 여기저기서 멜을 줍는 모습을 보고서는 할머니는 이제껏 느끼지 못했던 만족감을 느꼈어요.

어느 집보다도 외갓집 식구들이 주운 멜의 양은 많았고 동네 사람들이 살짝 부러워하는 것을 할머니는 은근히 즐기기도 했죠.

미련퉁이처럼 아이 아홉을 낳았다고 동네 사람들에게 살짝 무시당했던 할머니도 멜이 올라온 날에는 어깨에 힘이 들어갔고 고개를 빳빳이 세우곤 하셨어요. 바닷속에서 작은 놈이라 무시당하던 멜들이 할머니의 움츠러진 어깨를 활짝 펴게 해주었죠.

아홉 살이었던 엄마의 눈에도 할머니의 거만함이 그대로 보였어요. 엄마 또한 그 시간만큼은 '딸 부잣집'이라는 별명이 싫지 않게 느껴졌답니다. 한여름 밤, 수마포에서는 엄마와 이모들이 최고였죠.

은빛의 멜들이 양동이와 바가지 등 아홉 오누이가 가지고 온 용기마다 가득 찰 때면 할아버지는 리어카를 끌고 수마포 해안으로 오셨고, “명오야, 이제 그만 줍자!”라고 말씀을 하셨죠.

그러면 아홉 오누이의 멜 줍기는 끝이 났답니다.

그렇게 한여름 밤의 축제 1부가 끝나고 2부가 시작되었답니다.

멜을 줍느라 아홉 오누이의 몸은 땀으로 범벅이 되었고 두 손에서는 멜이 주고 간 비린내가 진동했답니다. 그러면 너 나 할 것 없이 수마포 바닷속으로 풍덩 하고 온몸을 맡기죠.

한여름 밤, 하늘에 번진 별 무리의 아름다움에 취한 수마포의 바다는 작은 파도 하나 만들지 않아 호수처럼 고요했고, 그 많던 바람은 모두 어디로 숨었는지 바다도 파도도 바람도 모두가 잠이 든 듯했답니다.

멀리서 멜 줍기를 도와주었던 달님이 깜짝 놀랄 정도로 아홉 오누이는 바닷물 속에서 소란스럽게 놀았죠. 자맥질을 하며 물장구도 치고, 물싸움도 신나게 했어요. 수마포의 부표처럼 몸을 바다에 맡기고서는 한여름 밤의 축제 2부를 신나게 즐겼죠.

팔 공주만의 바닷속 공연회가 열린 듯, 노래도 하고 춤도 추고 수다를 떨며 그 누구의 시선도 의식하지 않은 채 그들만의 시간을 보냈답니다.

수마포의 바다는 엄마와 이모들의 뜨거운 열정으로 잃었던 온기를 되찾은 듯 따뜻해졌고, 즐거움으로 들뜬 팔 공주는 푸른 바다의 인어가 된 듯 바닷속 여기저기를 제집처럼 뒤집고 다녔죠.

가끔은 미끌미끌한 미역 줄기가 발을 감싸와 놀라기도 하고 작은 물고기 떼들이 발바닥을 간지럽혀 '까르르' 소리 내어 웃기도 했답니다. 어느 무엇 하나 즐겁지 않은 것이 없었죠.

시끌벅적하게 놀고 있는 엄마와 이모들의 무리에 동네 아이들 몇은 끼고 싶어 하는 눈치를 보였지만 낄 틈이 없어 보이는지 발을 슬쩍 빼고는 기죽은 듯 집으로 돌아가곤 했답니다.

엄마와 이모들이 신나게 놀다 보면 항상 외삼촌은 어디론가 사라지곤 했죠. 외삼촌은 멀리서 횃불을 밝히고 소라와 해삼을 잡고 있는 동네 사내아이들과 만나 할머니 몰래 사내아이들만의 바릇잡이를 즐기곤 했죠.

외삼촌에게는 이런 날이 가장 운 좋은 날이 되었어요. 누구의 눈치도 보지 않고 신나게 여름밤의 바닷가를 즐길 수 있는 가장 행복한 날이었던 거죠. 그리고 동네 사내아이들에게서 외톨이가 되지 않는 즐거운 날이기도 했고요.

수마포 밤바다에서 시간 가는 줄 모르게 놀다 추위를 느낄 때가 되면 그제야 한 명씩 밖으로 나오고 큰 이모인 명오 이모는 어린 동생들을 하나둘씩 모으고는 집으로 돌아갈 채비를 했어요.

가끔은 막내 이모가 더 놀고 싶다고 명오 이모에게 떼를 써 보지만 큰 이모는 동생들을 안전하게 지켜야 한다는 의무감으로 똘똘 뭉쳐 있어 더 이상의 물놀이를 허락하지 않았어요.

명오 이모의 부름에 외삼촌 또한 즐거운 여름밤 놀이를 멈춰야 했죠. 행여 외삼촌 혼자 바다에 놔두고 여덟 명의 딸들만 돌아온 것을 할머니가 아시는 날에는 모두가 할머니의 찰진 욕을 새벽까지 들어야 한다는 것을 외삼촌은 잘 알고 있었기 때문이랍니다.

그렇게 아홉 오누이는 한여름 밤의 축제를 마치고 집으로 돌아오곤 했답니다.

멜 주운 아침이면 할머니는 가장 큰 멜들을 골라 할아버지가 좋아하시는 멜조림을 만들었고 할머니가 만들어 준 맛있는 멜조림을 드시는 할아버지의 얼굴에는 미소가 가득했어요.

그리고 할머니는 텃밭에서 키운 어린 배추들을 곁들인 멜국을 한 솥 가득 끓이고서는 항상 배고픔을 느껴야 했던 아홉 오누이의 배를 가득 채워주셨어요.

가끔은 멜국에 수제비를 잔뜩 넣어 아홉 오누이를 즐겁게 해주었고, 또 어느 날에는 바삭거리는 멜 튀김을 한 소쿠리 가득 해서는 엄마와 이모들의 입을 호강시켜 주셨죠.

이집 저집에서 끓여대는 멜조림, 멜국 냄새로 성산포는 잔치 분위기가 되었고, 볼이 뽕뽕한 뽕뽕이 할머니와 말씀이 없으셔서 항상 얌전하신 얌전이 할머니는 할머니가 끓인 멜국이 동네에서 제일 맛있다며 드시러 오시곤 했어요.

모두가 가난했던 그 시절, 그리고 모두가 배고팠던 그 시절, 할머니는 항상 넉넉하게 끓이신 멜국을 몸이 불편하신 아랫집 용이 할머니 댁으로 한 냄비 가득 보냈고, 다리를 다쳐 일을 못 하시는 철이 삼촌네 집에는 보리밥과 함께 따뜻한 멜국을 넉넉하게 보내곤 하셨죠.

먹을 것이 풍부해진 그날의 아침에는 어느 누가 와도 대환영이었고 외갓집 모든 식구의 마음도 넉넉해졌답니다. 풍족한 먹거리와 넉넉한 마음이 한여름 밤 축제의 뒷자락을 장식해 주었죠.

되돌아보면 꿈같았던 그날들, 엄마는 잊고 있었던 책을 넘기듯 그날의 기억을 하나둘씩 넘겨보며 마음이 따뜻해지는 것을 느끼곤 한대요.

그리고 지금 이 순간에도 엄마는 한여름 밤 축제의 뒷자락에 서 있는 것처럼 행복하고 즐겁다고 하세요.

한여름 밤의 축제,

다시 또 그런 밤이 찾아올까요?

길을 잃은 멜 무리가 수마포 해안가로 다시 나타나 주기를 빌어 봅니다.

맹오야,

멜 올라왔다.

양동이는 놓고

빨리 수마포로 가자.

아홉 오누이가 자라면서 학교에 다니는 아이들의 숫자가 많아지자 할머니의 해녀 수입으로만은 아홉 오누이를 키울 수가 없었어요.

할아버지는 이장, 어촌계장 등을 하며 마을 일에만 매달려 가정형편에 도움을 주지 못했고 집안 살림에 대한 모든 일은 할머니가 책임을 지셔야만 했죠.

'옷 사달라, 책가방 사달라, 책 사달라, 연필 사달라, 공책 사달라.'라는 아이들의 다양한 요구가 이어지자 할머니는 수입을 늘리기 위해 부업이라는 것을 시작했답니다.

해녀들이 잡은 소라를 수매하여 상인들에게 되팔아 이익을 남기기도 했고, 성산일출봉 언덕에서 관광객들을 상대로 전복, 해삼, 소라 등 해산물 좌판을 열기도 했어요.

그리고 이른 새벽, 밤 조업을 마치고 가장 먼저 성산항으로 돌아오는 배에 올라 옥돔, 갈치, 고등어 가릴 것 없이 잘 잡힌 생선들을 싼 가격에 사서 커다란 고무 대야에 가득 담고서는 머리에 이어 고성리, 수산리, 난산리 등 생선이 귀한 동네를 돌아다니며 팔곤 하셨어요.

가로등 하나 없는 어둡고 캄캄한 새벽길을 홀로 다니는 것은 무섭고 외로운 일이었을 텐데 아홉 오누이를 생각하며 추운 줄도, 무서운 줄도 모르고 그렇게 열심히 하루하루를 사셨어요.

"할머니의 키는 왜 이렇게 작아요?"

"고무 대야에 갈치, 고등어를 가득 담고서 머리에 얹어서 이 마을 저 마을을 돌아다니며 장사를 하다 보니 머리가 눌리고 눌려서 그렇지 않아도 작았던 키가 더욱더 작아졌지."

"할머니의 손은 왜 이렇게 주름이 많아요?"

"음- 물질을 매일 하다 보니 주름이 하나둘씩 생기기 시작했지. 생선 장사를 시작하니 주름이 더 많이 생기더라. 그리고 전복죽을 오랫동안 쑤다 보니 주름이 자글자글해졌지."

제가 어렸을 때 아무런 생각 없이 할머니에게 묻곤 하였죠. 그러면 할머니는 빙그레 웃으시며 말씀하셨어요.

할머니는 나이가 들면서 물질이 버겁기 시작해지자 해녀

일을 하셨던 동네 분들과 '해녀의 집'을 운영하셨어요. '해녀의 집'에서는 전복, 소라, 해삼 등의 해산물들과 전복죽을 만들어 팔았죠. 길춘 할머니와 옥이 할머니 등 동네 여러분들과 시작한 해녀의 집은 지금은 사라진 일출봉호텔 뒤편 2층에서 성산일출봉을 바라보며 시작했어요.

해녀들이 갓 잡은 전복, 해삼, 소라, 문어 등은 성산일출봉을 찾아오는 관광객들에게 별미가 되었고, 특히 해녀의 집에서 흘러나오는 고소한 전복죽 냄새는 오가는 관광객들의 발걸음을 멈추게 했죠.

할머니가 만드신 전복죽의 진함과 고소함은 모두의 입가에 미소를 달게 할 정도로 최고였답니다.

할머니의 전복죽이 맛있다는 소문이 날개를 달고 퍼지자 해녀의 집 가게 안은 손님들로 발 디딜 틈이 없었죠.

어느 날에는 청와대 비서실에서 양복을 차려입고 선글라스를 멋지게 낀 분들이 내려오셔서 위생 점검이며 식당 안이 안전한지 조사를 하였답니다.

그리고 며칠 후 청와대에서만 볼 수 있었던 대통령님이 해녀의 집을 찾아오셨어요. 제주도를 방문하시던 중에 해녀의 집 전복죽이 유명하다는 소문을 듣고 맛있는 전복죽을 먹으러 왔다며 호탕하게 웃으시며 말씀하셨어요. 맛있게 전복죽을 드시고서는 대통령님이 말씀하셨죠.

"이렇게 맛있는 전복죽을 만들어 주신 분을 만나고 싶은데 누구십니까?"

주방에서 전복죽을 만들던 할머니가 부끄러운 듯 대통령님 앞으로 나갔어요. 대통령님은 주름진 할머니의 두 손을 꼭 잡으시고는 행복한 표정으로 말씀하셨어요.

"이제껏 먹어 본 전복죽 중에서 가장 맛있는 전복죽이었습니다. 정말 맛있게 먹었습니다."

맛있게 전복죽을 드셨다고 말씀하시는 대통령님의 따뜻한 말씀에 할머니는 가슴이 터질 것 같은 감동을 받았어요. 그분의 칭찬은 할머니에게는 커다란 힘이 되어 그 후로도 오랫동안 전복죽을 끓일 때마다 '나는 대통령님도 인정한 맛있는 전복죽을 끓이는 사람이다.'라는 자신감을 가지게 해주었답니다.

그 자신감은 제주도 사람 모두를 먹이고도 남을 만큼 많은 양의 전복죽을 끓이는 동안 지속되었죠.

'해녀의 집'을 함께 운영하셨던 할머니와 동네 사람들은 모두 해녀였어요. 그 옛날 성산포 해녀들이 물질하며 가정의 생계를 책임지고 아이들을 키우고 집안을 일으켰듯이, '해녀의 집' 사람들도 어려운 집안의 중심이 되어 살림살이가 나아지도록 열심히 노력하는 분들이었죠. 그리고 성산포를 빛낸 사람들이었죠.

때로는 의견이 맞지 않아 다툼이 있기도 했지만 모진 바다와 세찬 바람과 맞서 함께 싸우셨던 분들이라 그분들만의 특

유의 화해 법으로 갈등을 풀어나가시며 오랜 시간 함께하셨답니다.

남들은 시원한 막걸리를 마시며 화해를 하는데 '해녀의 집' 사람들은 푹 끓인 전복죽을 한 그릇씩 하면서 묵은 오해를 풀고 남은 오해를 털어내곤 했죠.

자기만의 크고 작은 아픔들을 가슴속에 품고 있었던 '해녀의 집' 사람들은 언니가 되어, 동생이 되어 서로의 아픔을 이해하고 서로 의지하며 일출봉호텔이 사라지는 그 순간까지 오랜 시간을 같이했답니다.

제가 감기에 걸려 열이 오르락내리락 반복할 때면 엄마는 할머니에게 전화를 걸곤 했어요.

"어머니, 하정이가 감기에 걸렸어요. 입맛이 없다며 아무것도 못 먹고 있는데 전복죽 좀 만들어 주실 수 있으세요?"

전화를 받으신 할머니는 눈 깜짝할 사이 냄비 하나 가득히 전복죽을 만들고서는 아픈 저를 찾아오시곤 했답니다.

"에고, 우리 예쁜 강아지, 감기에 걸렸어? 어서 전복죽 먹고 힘내자."

할머니의 전복죽은 마술을 부린 듯, 입맛 없어 아무것도 먹지 못했던 저의 입속으로 직행했죠. 할머니의 전복죽을 맘껏 먹고 나면 언제 아팠냐는 듯이 감기를 툴툴 털어낼 수 있었답니다. "할머니의 전복죽은 마법의 약 같아요."라고 엄마에게 말씀드리면 엄마는 저를 보고 말씀하십니다.

"무슨 마법 약일까? 푸른 바다의 요정처럼 반짝거리는데!"

할머니는 늘 말씀하셨답니다.

"전복죽은 가장 싱싱한 전복으로 만들어야 해. 그리고 진한 맛이 나오려면 전복 게웃을 많이 넣고 끓여야 하지. 그래야 맛도 좋고 색깔도 아주 예쁘게 나오거든. 전복죽을 먹기 전에 색깔만 봐도 진짜 맛있는 전복죽인지 아닌지를 알 수 있단다."

할머니가 전복죽을 한 솥 가득 끓이시는 날은 외갓집 잔칫날이 되곤 합니다. 어떻게 알았는지 할머니의 전복죽 소식을 듣고 동네 사람들도 하나둘씩 찾아오곤 했죠.

때로는 예쁘게 포장된 전복죽이 이웃집 할머니 댁으로, 혹은 몸이 불편하신 동네 어르신 댁으로 배달되기도 하였답니다. 그리고 우리 집에서 뭐든지 잘해 팔방미인이라는 별명을 가지고 있는 영희 이모가 할머니의 전복죽을 배달하는 날쌘 배달꾼이 되기도 했죠.

우리 모두 할머니의 전복죽에 중독이 되었고, "전복죽은 오연옥 표 전복죽이 최고야!"라는 말을 농담처럼 하곤 했어요.

정말 즐거운 나날이었죠.

언제까지나 건강하실 것만 같았던 할머니가 언제부턴가 정신을 놓기 시작했어요. 아흔 살의 할머니에게 절대로 오지 않기를 바랐던 치매라는 몹쓸 병이 찾아왔고, 할머니가 가장 잘하셨던 맛있는 전복죽을 끓이지 못하는 안타까운 순간이 함께 다가왔답니다. 그리고 할머니의 일품요리인 전복죽을 더는 맛볼 수 없게 되었죠.

할머니의 전복죽을 먹고 싶다는 저를 위해 엄마는 그 옛날 할머니가 끓이셨던 전복죽을 기억해 내며 열심히 끓인답니다. 하지만 엄마가 열심히 끓여 주는 전복죽에서는 할머니의 전복죽 맛이 나지 않아요. 할머니의 전복죽에서만 맛볼 수 있는 독특한 그 맛을 찾아볼 수가 없죠.

할머니의 전복죽에는 흉내 낼 수 없는 그 무언가가 있답니다.

사랑이라는 조미료를 가득 담아서일까요?

정성이라는 향신료를 가득 담아서일까요?

아니면 할머니만의 마법이었을까요?

할머니의 일품요리 전복죽, 너무 그립고 그리워집니다.

할머니에게는 아홉 오누이가 있고, 한 명의 며느리와 일곱 명의 사위가 있답니다. 그리고 손주가 열아홉 명, 증손주가 열한 명이나 됩니다. 모두 합치면 마흔 하고도 여덟이라는 대가족이랍니다.

많은 가족이 함께 모여 움직일 때면 동네 사람들은 "맹오 부대, 어디들 가니?"라고 묻기도 합니다.

큰 이모의 이름인 명오를 '맹오'라고 부르며 시작된 '맹오 부대'는 자연스럽게 외갓집 식구들을 일컫는 상징이 되고 말았죠.

가끔은 '맹오 부대'도 서로 싸우고, 등을 돌리기도 한답니다.

갈등이 매우 심할 때는 서로 말을 않고 지낼 때도 있어요.

하지만 오래지 않아 슬기로운 우리 가족으로 되돌아오죠. 잠시 생각의 시간이 주어진다면 언제나 그랬듯이 맹오 부대는 또다시 모여들어 서로의 가장 큰 힘이 되어 주고 위로가 되어 준답니다.

맹오 부대에는 깍쟁이도 있고, 오지랖쟁이, 무뚝뚝쟁이, 오버쟁이, 새침데기도 있답니다.

맹오 부대에는 하나님의 절친도 있고, 부처님의 절친도 있답니다. 그리고 성모 마리아님의 절친도 있답니다.

꼬마 아저씨와 키다리 아저씨, 배불뚝이 아저씨와 홀쭉이 아저씨도 맹오 부대에는 있답니다.

그리고 맹오 부대에는 이제 막 세상을 알아가는 승준이, 태린이, 다온이, 재윤이, 우진이, 하윤이라는 햇살처럼 밝은 할머니의 증손주들과 이제 점점 세상을 잊어가는 아흔두 살의 오연옥 할머니도 있답니다.

모두 바쁘게 살아가며 때로는 서로를 잊은 듯이 생활하지만 우린 알고 있답니다.

여기 성산포에는 맹오 부대의 우두머리인 오연옥 여사님이 살고 계시다는 것을, 그분이 오늘도 우리를 그리워하고 있다는 것을, 맹오 부대를 기다리고 있다는 것을.

그래서 우리 모두는 세상 그 누구보다도 올곧은 사람이 되어야 한답니다. 사람다운 사람이 되어야 한답니다.

성산포 한 귀퉁이에
오연옥 여사님이 살고 계십니다

마흔 하고도 여덟이라는
대식구를 거느리는 분이랍니다

동네 사람들은
이 대식구를
맹오 부대라고 부른답니다

맹오 부대의 첫째가 고백합니다
어머니, 사랑합니다

맹오 부대의 둘째가 고백합니다
어머니, 감사합니다

맹오 부대의 셋째가 고백합니다
어머니, 건강하세요

맹오 부대의 넷째가 고백합니다
어머니, 존경합니다

맹오 부대의 다섯째가 고백합니다
어머니, 오래오래 사세요

맹오 부대의 여섯째가 고백합니다
어머니, 고생 많으셨어요

맹오 부대의 일곱째가 고백합니다.
어머니, 고맙습니다

맹오 부대의 여덟째가 고백합니다
어머니, 참 장하십니다

맹오 부대의 막내가
오연옥 여사님께 고백합니다

어머니,

당신이 있어

우리 모두는 행복합니다

맏이
명오

어머니의 나이가 되어 어미라는 역할을 하며 알게 되었습니다. 어머니라는 자리가 얼마나 큰 자리인지를··· 제게 남은 시간 동안 당신처럼 좋은 어머니가 되기 위해 노력할게요.

둘째
명숙

서울에 살면서도 늘 성산포를 그리워합니다. 그중에서도 어머니의 따뜻한 손길을 잊을 수가 없습니다. 그 손길이 지금도 저의 등을 토닥거리는 것 같아 마음이 따뜻해집니다. 어머니, 오래도록 저의 등을 다독거려주세요.

셋째
영철

어머니의 삶을 보며 그리고 그 삶을 따라가 보며 또 다시 느끼게 됩니다. 우리 어머니는 정말 대단하신 분이라는 것을··· 어머니에게 드리는 존경의 눈빛, 저 또한 우리 아이들에게서 받을 수 있도록 어머니와 닮은 삶을 살아가려고 부단히 노력하겠습니다.

며느리
성순

성산포에서 35년, 조금은 힘들고 고단했지만 어머니가 곁에 계셔서 큰 힘이 되었습니다.
애교 없고 조금은 무뚝뚝한 저를 있는 그대로 바라봐 주신 어머니, 정말 감사합니다.

넷째
영희

항상 힘이 들고 지칠 때면 '성산포의 철의 여인' 어머니를 생각하며 다시 힘을 모아봅니다. 강한 정신력과 누구에게도 뒤지지 않은 성실함으로 똘똘 뭉친 어머니, 당신을 그대로 닮아가고 싶습니다.

다섯째
명자

딸이 힘든 삶을 살아갈 때, 하루의 일을 마치고 피곤한 몸을 이끌고 하루도 빠지지 않고 딸의 집으로 와서 힘내라고 용기를 주신 어머니. 어머니의 딸로 태어나서 너무 행복하고 감사합니다.

여섯째
명옥

어머니와 아홉 오누이의 이야기를 책으로 태어나게 해준 내 동생 명실에게 박수를 보냅니다. 그리고 우리 어머니, 지금 그대로의 모습으로 우리 곁에 오래오래 계셔주세요.

일곱째
명실

푸르른 나무 그늘이 되어주셔서 감사합니다. 사랑의 울타리를 만들어 주셔서 감사합니다. 든든한 내 편, 아홉 오누이를 만들어 주셔서 어머니, 정말 감사합니다.

여덟째
명원

혼자이지만 절대 혼자가 아닌걸요. 언제나 어머니와의 추억이 저의 깊은 마음속에 남아 있어 항상 어머니와 함께하고 있다는 생각을 하게 돼요. 오랜 시간 저의 최고의 벗이 되어 주셔서 감사해요.

막내
명애

애교 없는 막내라서 죄송해요. 하지만 어머니를 그 누구보다도 가슴 깊이 사랑하고 있다는 것, 알고 계시죠? 오랜 시간 저희들에게 쏟아 주신 사랑과 정성, 늘 잊지 않고 기억할게요. 어머니는 '내꺼 중에 최고'랍니다!

엄지 할망과 성산포 가디언즈
우리의 기억을 드릴게요

2021년 8월 1일 초판 1쇄 발행

지은이 임명실
그림 이하정
펴낸이 김영훈
편집 김지희
디자인 이지은, 사이시옷, 부건영
펴낸곳 한그루
제주특별자치도 제주시 복지로1길 21
전화 064-723-7580 전송 064-753-7580
전자우편 onetreebook@daum.net 누리방 onetreebook.com

ISBN 979-11-90482-65-3 (03810)

값 13,000원